NOVE CONTOS

- ✓ Sarah, a Brasileirinha
- ✓ Mistérios do Sertão
- ✓ A Terra em Perigo
- ✓ Glorianna, Filha de Santa Tereza
- ✓ Chico Cábula
- ✓ Medo de Avião
- ✓ Cavalo de Guerra
- ✓ A Luta do Ano
- ✓ O Velho Piloto

W de Campos

Em memória de meus pais, "Angélica e Didito", os melhores contadores de estórias de todos os tempos.

Meus agradecimentos pela efetiva contribuição de minha filha Tatiana na edição do livro.

SUMÁRIO

Sarah, a Brasileirinha — 4

Mistério do Sertão — 40

A Terra em Perigo — 73

Glorianna, Filha de Santa Tereza — 102

Chico Cábula — 118

Medo de Avião — 123

Cavalo de Guerra — 134

A Luta do Ano — 143

O Velho Piloto — 150

Sarah, a Brasileirinha

1. Alucinação ou Pesadelo?

Ela nunca poderia imaginar que os fatos que a aterrorizaram e marcaram sua vida desde a infância pudessem ser revividos em momentos de tanta alegria com sua melhor amiga.

Embora fosse inverno, o dia estava ensolarado e a temperatura amena, no final do mês de julho de 1952. Por volta das 15 horas, a Confeitaria Colombo, à Rua Gonçalves Dias no centro do Rio de Janeiro, encontrava-se, como sempre, apinhada de clientes. Sarah Müller e Lisette Almeida Dias aguardavam pacientemente na fila para serem atendidas.

Ambas com cerca de 25 anos, elegantemente vestidas, não paravam de conversar, contando as novidades, desde a última vez que se viram. Já fazia longo tempo e havia muito o que dizer uma à outra.

Esquecidas de onde estavam, com os olhos brilhando, contavam coisas de suas vidas, sem quaisquer reservas entre elas, como só o fazem amigas íntimas. Sorriam de contentamento o tempo todo. Se fosse matéria, a felicidade transbordaria dos seus corações.

Conheceram-se na fila de matrícula na Universidade MIT (*Massachusetts Institute* of *Technology*), em Boston, Estados Unidos, em 1948. Compunham um pequeno grupo de mulheres aceitas pela universidade para realizar cursos especiais de preparação e seleção para o Doutorado. Dentre todas as candidatas, eram as únicas brasileiras; ambas aprovadas para a mesma área, Física.

Moraram juntas no mesmo quarto de uma pensão para moças e concluíram o curso com *summa cum laude*, a mais elevada distinção atribuída aos formandos naquele país. Ao final do curso, em 1949, as duas foram contempladas com bolsas de estudos para Doutorado, mas Lisette teve que retornar ao Brasil por questões pessoais. A distância não diminuiu em nada a imensa amizade que construíram: melhores amigas para sempre.

Em janeiro próximo passado, Sarah recebeu o convite de casamento de Lisette, acompanhado de um bilhete em que pedia que fosse sua madrinha. "Para evitar desculpas", dizia que marcara a cerimônia para agosto, período de férias acadêmicas no MIT. Sentiu nessas palavras, mais uma vez, uma demonstração inequívoca de afeto da amiga, pois os casamentos da elite social do Rio de Janeiro eram tradicionalmente realizados em maio, justamente denominado de mês das noivas.

Exultante e antevendo a felicidade de sua amiga, telegrafou respondendo prontamente que sim e, depois, iniciou os preparativos para a viagem. Na universidade, como professora assistente, não teve dificuldades de ajustar seu período de férias. Não obstante, precisou de tato e chamegos para convencer seu noivo, Dr. John Cole, médico cirurgião do Hospital Geral de Massachusetts, a acompanhá-la.

Tinham combinado viajar ao Brasil, mas no final do ano. Embora um pouco contrariado, ele bem que tentou reorganizar a sua agenda, contudo o seu êxito foi parcial. Conseguiu uma licença do serviço, mas não estaria presente à cerimônia de casamento. Encontraria com ela mais tarde e poderiam passear, visitar os parentes da sua noiva, e desfrutar juntos das merecidas férias nas belas praias do Brasil.

Estavam ensimesmadas, quando o *maitre* se aproximou e perguntou:

- Mesa para duas, senhoras?

- Para três, respondeu prontamente Lisette.

Vendo o ar de dúvida e curiosidade da Sarah, emendou:

- Tenho uma surpresa para você.

Enquanto trocavam impressões sobre a beleza única da arquitetura da confeitaria (do tipo *Belle Époque* e traços de *Art Nouveau*, com seus enormes espelhos de cristal e entalhes em madeira nobre, elegantes vitrais e uma estonteante claraboia colorida), um belo rapaz se aproximou com o rosto iluminado por um largo sorriso. Imediatamente, Lisette se levantou e o abraçou efusivamente:
- Sarah, este é o João da Silveira Ferraz, meu noivo.

- João, esta é a minha melhor amiga, Sarah Müller, de quem tanto lhe falei.

Ele era exatamente como sua amiga o havia descrito em tantas e tantas confidências de jovens solteiras, particularmente, nos períodos que antecediam ao sono, depois de um longo dia de estudos. Quando nos Estados Unidos, ainda era apenas um flerte, mas ela o amava desde que se conheceram, em uma festa no seu colégio, e sonhava vir a ser sua esposa.

De tanto ouvir seus devaneios e planos, Sarah sentia que já o conhecia há muito tempo e não se decepcionou. Aparentemente, o João deveria ter passado pelo mesmo processo em relação a ela e, quase de imediato, já se sentiam como velhos amigos.

Lancharam e conversaram animadamente sobre tudo, particularmente sobre o casamento e planos futuros. Foram momentos muito prazerosos. Sob o jovial protesto de Sarah, que já adquirira convicções da onda feminista que se alastrava pelo mundo e desejava dividir a conta, João se antecipou e a pagou.

- Quando nós formos visitá-la em Boston, deixaremos que pague a conta do restaurante mais caro da cidade; combinado? - Disse João sorrindo.

- Combinado. Certamente, será um grande prazer recebê-los em Boston, meus amigos. - Respondeu Sarah no mesmo tom.

Quando se levantavam para deixar a confeitaria, a atenção de Sarah foi atraída por uma voz vinda de uma mesa vizinha. Uma voz conhecida de um passado distante, que nunca abandonara sua memória e pesadelos. Sentiu um calafrio e olhou de soslaio na direção do som e ali estava ele. Mais velho, de cabelos longos e falando português, mas sim, era ele; jamais conseguira esquecer aquele rosto. Empalideceu, dobrou os joelhos e teve que ser amparada pelo João.

- Oh, meu Deus! Não pode ser ele. – Sarah disse para si mesma.

- O que foi amiga? Está passando mal?

- Nada querida, preciso apenas descansar um pouco. O voo foi muito cansativo; não consegui dormir um segundo sequer. – Disfarçou.

- Foi uma viagem muito fatigante, coitada! Não devia tê-la forçado a sair comigo logo hoje, mas estava com tanta saudade...

- Eu também desejava muito vê-la e não queria perder um minuto da sua companhia. Estou bem, não se preocupe.

Quando se sentiu melhor, buscou encontrar o motivo de sua eterna aflição. Vasculhou o salão com o olhar, mas ele não estava mais lá.

- Isso é uma alucinação ou estou tendo um pesadelo acordada? Parecia muito real para mim. - Sarah pensou.?

Sua amiga sabia perfeitamente dos motivos das suas angústias e pesadelos; havia lhe contado tudo quando ela a surpreendera chorando sofrido no meio da noite.

Com o tempo, os sobressaltos do sono foram diminuindo, mas nunca abandonaram a sua memória. Mesmo assim, não queria trazer qualquer preocupação para sua amiga e nada disse sobre o acontecido.

Esforçou-se e conseguiu manter um bom nível de conversação com o casal de apaixonados, enquanto se dirigiam ao Hotel Copacabana Palace, onde estava hospedada.

Despediram-se animadamente, com promessas de se encontrarem no dia seguinte para juntas cumprirem compromissos de noiva e madrinha, não sem antes

Lisette protestar mais uma vez da inaceitável decisão da amiga de se hospedar no hotel, em lugar da sua casa.

Depois de acabar de desfazer as malas, saborear um leve lanche, tomar uma ducha e se trocar para dormir, deixou-se ficar por longo tempo à janela do quarto, admirando a beleza da praia de Copacabana. Que maravilha, um presente de Deus; pensou.

Tentou dormir, mas o incidente na Confeitaria Colombo não saía da sua cabeça. Aquilo realmente aconteceu? Teria sido um delírio? Vi mesmo o que pensei ter visto? E se foi real, o que devo ou posso fazer?

Sem controle de seus pensamentos, o filme de terror que atormentava a sua vida começou a passar mais uma vez em sua mente.

2. Volta ao Passado

Era um dia festivo em minha casa, na zona rural de Blumenau, no Estado de Santa Catarina. As pessoas me cumprimentavam e presenteavam pelo aniversário de dez anos. À volta do braseiro, os convidados conversavam descontraidamente, enquanto se fartavam com o churrasco e os doces que só a minha avó sabia fazer. Os adultos dedicavam-se com mais afinco ao vinho produzido pela nossa família.

Após a despedida dos últimos visitantes, meu pai convidou meus avós (pais de minha mãe) e tios para conversarem sobre um assunto muito importante e todos se acomodaram à mesa da cozinha.

Atrás da porta, como costumava fazer ou xeretar, de acordo com minha mãe, sempre que havia alguma reunião, conseguia ouvir cada palavra dita, mas entendia muito pouco do que falavam. Conversavam sobre a situação da Alemanha, terra natal de meu pai e de meus avós, e comparavam as condições de vida de lá com as do Brasil.

Ouvia palavras que não faziam muito sentido, como política, nazismo, perseguição de judeus, e perspectiva de guerra na Europa. De certa feita, meu pai disse que precisava voltar à Alemanha para buscar seus pais (meus avós, Kleber e Lucilla Müller). Tinha prometido que o faria, assim que estivesse se estabelecido no Brasil e a oportunidade era agora. Havia escrito várias cartas, mas eles sempre davam uma desculpa; aparentemente, sentiam-se velhos demais para mudar de país e não queriam ser um peso nas costas do filho.

Ele se sentia moral e emocionalmente obrigado a fazer essa última tentativa de trazê-los para o Brasil. Entretanto, minha mãe dizia que o melhor seria mandar as passagens e aguardá-los no porto; havia muitas notícias de violência contra minorias, naquele país.

Meu pai argumentou que essas notícias não haviam sido confirmadas pelo governo brasileiro, e, mesmo se verídicas, não via perigo, pois ele não se enquadrava em nenhum dos grupos de risco.

À sua proposta de viajar sozinho, minha mãe protestou veementemente: se ele fosse, ela e eu iríamos também. Se os pais dele não quisessem vir, essa seria a última oportunidade de conhecerem sua neta e nora. Ambas éramos fluentes em alemão e não seríamos estorvos; além do mais, brancos, católicos praticantes e não corríamos riscos com a política antissemita dos nazistas.

Depois de muita discussão, combinaram que fariam consultas ao Ministério das Relações Exteriores do Brasil e ao Consulado da Alemanha em São Paulo sobre o risco da viagem. Se as respostas fossem tranquilizadoras, iríamos nós três para a Alemanha; caso contrário, apenas meu pai. Meus avós e tios se comprometeram a tomar conta da nossa terra.

Passei a noite e os dias que se seguiram pensando e sonhando com a viagem.

O Cônsul respondeu rapidamente assegurando que a viagem poderia ser realizada sem sustos ou riscos: nada a temer. Enfatizou que o seu país estava vivendo momentos gloriosos, impulsionados por uma onda de nacionalismo, saindo definitivamente da humilhante depressão a que fora condenado pelo Tratado de Versailles. Asseverou que as críticas de intolerância racial eram mentiras propaladas pelos inimigos da sua pátria e que o povo estava unido e em paz social. Finalmente, que o Brasil e a Alemanha eram aliados e que nós seríamos muito bem recebidos.

A resposta do Ministério das Relações Exteriores dizia, de forma lacônica, que Brasil e Alemanha mantinham relações diplomáticas e que desconhecia qualquer fato ou ocorrência que desaconselhasse a viagem de brasileiros para aquele país.

Aproximadamente dois meses depois, exatamente no dia 25 de julho de 1937, no Porto de Santos, embarcamos no navio Cuyabá com destino ao Porto de Hamburgo, na Alemanha. Os tripulantes, pelo menos com quem conversei, eram brasileiros; não obstante, os passageiros, com exceção de nós três, pareciam ser alemães.

Não havia outra criança a bordo, mas o meu entusiasmo pela viagem era tanto que não parava quieta e queria saber de tudo sobre o navio e a Alemanha. O Capitão pacientemente me ensinou os princípios de navegação e de funcionamento da tração a vapor. Com os passageiros, conversava em alemão e ouvia atentamente as suas explicações sobre a grandeza da pátria e o futuro brilhante que se avizinhava. Corria pelo convés e me detinha por horas observando o mar, imaginando ver sereias e monstros marinhos.

Em um determinado momento, um dos passageiros, que usava permanentemente chapéu e óculos escuros, me fez perguntas, em alemão, sobre a minha família e o que iríamos fazer na Alemanha. Quando lhe disse meu nome (Sarah), quis saber se éramos judeus. Como não soube responder, perguntou a minha religião e, prontamente, disse católica apostólica romana e que íamos à missa aos domingos. Fez-me algumas perguntas sobre o catolicismo e pareceu satisfeito com as respostas.

Quando contei o acontecido, o meu pai, pareceu preocupado, mas nada comentou.

Estava tão excitada e alegre que quase não senti os vinte e cinco dias da travessia, com apenas uma rápida parada no Porto de Roterdã, na Holanda, para reabastecimento. Um recorde, afirmou o Comandante

Assim que o navio aportou em Hamburgo, o Capitão pediu que aguardássemos a chegada de um representante do Consulado do Brasil, para orientações. Reunidos no salão de refeições do navio, o representante fez uma explanação sobre a situação política no país, que classificou de extremamente turbulenta e perigosa. Recomendou aos tripulantes, particularmente aos de tez escura, que não deixassem a região do porto e que, à noite, permanecessem a bordo. A nós três, os únicos passageiros, aconselhou que tomássemos o cuidado de não interagir ou relacionar com judeus e que retornássemos ao Brasil no mesmo navio, cuja partida estava prevista para daqui a uma semana.

Questionado por meu pai sobre a contradição das suas informações com as recebidas do Ministério das Relações Exteriores, mostrou-se constrangido.

- Senhor Müller, sinto muito por isso. Não cabe a mim comentar atos de superiores, mas acredite nas informações e alertas que lhes transmito. É para sua segurança.

Em seguida, entregou a meu pai um cartão de visita com um número de telefone, para o caso de emergências e se retirou rapidamente. Senti uma sombra de preocupação, logo desfeita por meu pai.

- Queridas, como não temos por que relacionar com judeus, não precisamos nos preocupar.

Assim que desembarcamos, fomos de imediato para a estação de trem de Hamburgo (*Hamburg Hauptbahnhof*) e pegamos um comboio para Bremen, onde meus avós residiam. Não parava de olhar para todos os lados e me empolgava com as enormes faixas e bandeiras com a suástica nazista. Tudo era maravilhoso, na minha mente infantil.

A cada minuto, o anseio de conhecer meus avós aumentava mais e mais. Meu pai não se continha e, em voz alta, descrevia os pontos de interesse do caminho. Já em Bremen, fiquei sabendo do nome oficial da cidade, *Freie Hansestadt Bremen (uma cidade-estado)*, e fui apresentada ao Rio Weser e aos lugares em que ele viveu momentos marcantes de sua infância e juventude. Adicionalmente, procurou apontar as tristes marcas da Primeira Grande Guerra para a cidade e para sua população. Nessa guerra, perdera seu único irmão e vários parentes e amigos.

Quando o taxi se aproximava da casa de meus avós, todas muito parecidas, exibiam enormes estrelas amarelas pintadas nas suas portas e paredes. Experimentei a mudança de humor de meus pais, de entusiasmo para preocupação.

No momento em que avistou a casa dos meus avós com a mesma figura, a consternação de meu pai tornou-se indisfarçável. O motorista do taxi que vinha resmungando o tempo todo, desde que constatou ser a vizinhança de judeus, praticamente despejou nossa bagagem na calçada e partiu em alta velocidade, não sem antes embolsar o pagamento e a gorjeta.

Será que eles se mudaram e não me avisaram, indagou meu pai, apreensivo. Mas não! Assim que ouviram o barulho do carro, espiaram pela fresta da porta e, reconhecendo o filho, correram para saudá-lo. Receberam-nos de braços abertos e com a indescritível felicidade do reencontro de entes queridos. Choramos de emoção e felicidade e nos abraçamos e beijamos longamente.

Mais tarde, meu pai quis saber o porquê da Estrela de Davi na porta, já que éramos católicos.

Meus avós narraram os eventos de horror e violência contra os judeus, que, abandonados pelo Estado, não contavam com qualquer proteção da polícia ou da justiça. E explicaram que um bando de jovens nazistas fanáticos exigiu que se afastassem completamente dos judeus.

A vista disso, meus avós prestaram queixa na Delegacia do bairro e foram informados de que a polícia estava proibida de se meter em assuntos da juventude hitlerista. Recomendaram que levassem à sério as ameaças.

Mesmo com muito medo, não conseguiram se afastar completamente de seus vizinhos e amigos de mais de cinquenta anos. Os judeus tinham dificuldades para adquirir remédios e outros produtos essenciais e meus avós faziam isso por eles. Procuravam se reunir à noite, em segredo, quando os produtos eram entregues. De certa feita, foram flagrados por uma patrulha de jovens fanáticos saindo da casa de um vizinho, cujo filho estava muito doente. Por esse "pecado" foram rotulados de amigos de semitas e traidores da pátria.

Meu avô lamentou:

- Triste ironia. Perdemos um filho em defesa da Alemanha e sermos considerados traidores por um simples ato humanitário. Isso é uma loucura coletiva que não pode e não deve prosperar; já foi longe demais.

Meu pai, aparentando muita preocupação, respondeu ao meu avô. que não havia razão alguma para permanecerem naquele país nem mais um dia.

- Amanhã bem cedo, vou esclarecer essa situação com as autoridades e preparar a mudança para o Brasil.

Nas primeiras horas da manhã seguinte, meu pai dirigiu-se à Prefeitura, à Delegacia Central e à Catedral de Bremen onde apresentou suas queixas.

Retornou para casa um pouco decepcionado pelos sinais de incompetência demonstrados pelas autoridades no controle da juventude hitlerista. Conseguiu, não obstante, três declarações formais, uma de cada organização visitada. Todas diziam praticamente a mesma coisa: meus avós eram católicos, bons cidadãos e patriotas.

Meu pai colou as declarações na porta da frente, apagou a Estrela de Davi e nos tranquilizou. Todavia, disse que deveríamos nos apressar com a mudança.

Os três próximos dias correram normalmente, sem qualquer incidente. As providências para embarcarmos todos no mesmo navio em que viemos (o Cuyabá) foram concluídas rapidamente.

Eu e minha avó não nos largávamos nem por um segundo; a explosão de amor mútuo foi imediata.

Todas as malas estavam fechadas e os pertences que seriam despachados já embalados. Os móveis, utensílios, roupas de cama e objetos não essenciais foram doados aos vizinhos ou ficariam na casa e seriam vendidos com ela.

Na noite da véspera da nossa viagem de volta ao Brasil, fomos surpreendidos por fortes e assustadoras batidas na porta da frente, que culminaram com o arrombamento e invasão na casa.

Eram mais de cinquenta jovens vestidos de uniforme caqui, com uma faixa da suástica no braço e armados com bastões de madeira. Um dos jovens adiantou-se e apresentou-se como Herr Adolph Braun, líder do grupo da juventude hitlerista local.

Meu pai tentou explicar que éramos católicos, pediu que lessem as declarações coladas na porta da frente e que, em poucos dias, voltaríamos para o Brasil.

O líder dos invasores respondeu em alemão, entremeando palavras em português, que isso não livraria meus avós do merecido castigo. Foram alertados para se afastarem dos judeus, entretanto, ontem à noite, vários deles foram vistos entrando e saindo da nossa casa. Desobedeceram acintosamente às ordens do partido e isso era inaceitável.

Minha avó se aproximou do Adolph e disse com voz chorosa:

- Vocês são tão jovens e têm pais que os amam. Não façam nada que possam se arrepender no futuro. Eu e meu marido nunca quisemos criar problemas para ninguém e, se por acaso o fizemos, nos perdoem. Nosso filho mais velho morreu defendendo a Alemanha nos campos de batalha, foi um verdadeiro herói.

Meu avô abraçou minha avó e puxou-a para próximo de nós, acariciando seu rosto.

Impassível, o jovem chefe do bando, como se fosse um imperador romano, estendeu o braço, fez uma pausa e virou o polegar para baixo. A esse sinal, seguiram-se momentos de pavor extremo.

Tresloucados, vários adolescentes, ou melhor, animais sanguinários, avançaram sobre meus avós e desferiram seguidos golpes de porrete. Ambos sucumbiram abraçados um ao outro.

Meu pai, desesperado, tentou protegê-los, chegando a derrubar dois ou três deles, mas eram muitos. Foi atingido por uma forte pancada na cabeça, aplicada por traz e caiu sem sentidos. Agarradas uma à outra, minha mãe e eu corremos para acudir meu pai e meus avós. Chorávamos aturdidamente e não tínhamos controle sobre nossos corpos que tremiam sem parar, dos pés à cabeça.

Uma parte do grupo vasculhava e saqueava o que de valor houvesse na casa, nas malas e pacotes. Aquilo que não lhes interessava era destruído por mero capricho. A outra permanecia nos vigiando e ameaçando.

Ademais do cenário de horror e desespero, minha mãe sentia que algo pior ainda poderia acontecer e colocou-se entre mim e os agressores.

O Adolph Braun, com um sorriso mordaz nos lábios e olhar frio como o gelo do inferno, tentou tocar nos meus cabelos, dizendo em alemão "minha brasileirinha", porém, foi empurrado por minha mãe. Em resposta, ele a esbofeteou várias vezes sem piedade, a despeito de meus gritos para que parasse.

Segurou e arrebentou a corrente de ouro com a imagem de Nossa Senhora da Aparecida que trazia no pescoço, desde que as recebera de meu pai no dia em que noivaram. Exigiu que ela lhe entregasse os anéis e a aliança de casamento. Como ela não conseguia tirar a aliança, ele a puxou de sua mão com tanta força que arrancou a pele do dedo, deixando-o em carne viva.

O jovem monstro parecia se divertir muito com o nosso sofrimento. Aproximou-se de minha mãe e disse algo em seu ouvido.

- Não, não, pelo amor de Deus! - Respondeu ela.

- Ou você, ou a sua linda filhinha? A decisão é sua.

Minha mãe, resignada, pediu que eu permanecesse junto de meu pai, tentando reanimá-lo e se afastou com o Adolph para um dos quartos. Depois dele, outros se seguiram, fazendo piadas, chamando minha mãe de vagabunda brasileira e rindo muito. Aturdida e paralisada pelo medo, desesperava-me com os gritos e o choro sofrido que vinham do quarto.

Ao retornar para perto de mim, que continuava abraçada a meu pai, tentando acordá-lo e chorando sem parar, o Adolph puxou-me bruscamente para perto dele e disse, em português, agora é a sua vez, linda brasileirinha. Gritava e me debatia desesperadamente enquanto ele me carregava para o sofá da sala, quando se ouviu uma sirene de viatura da polícia ou de ambulância que se aproximava.

Imediatamente, o chefe do bando atirou-me ao chão e soprou um apito. Todos se saudaram com o Heil Hitler e se retiraram sorrindo e festejando, como se tivessem realizado um grande feito.

Os dois policiais que nos acudiram eram de idade avançada e se mostraram sinceramente constrangidos e magoados com a morte de meus avós, de quem confessaram serem amigos de muitos anos.

Lamentaram profundamente as barbaridades que foram cometidas conosco, mas nada podiam fazer contra aqueles marginais. Na verdade, tinham medo deles, pois eram protegidos, apoiados e incentivados pelas autoridades nazistas.

Os policiais nos levaram a um hospital, onde fomos bem tratados por profissionais competentes; os quais, da mesma forma que os policiais, lamentaram o acontecido. Meu pai, embora já tivesse recobrado a consciência, passou a noite em observação no setor de emergência. Minha mãe e eu fomos examinadas e medicadas. Acho que nos deram um forte calmante, pois dormimos abraçadas na sala de espera. Antes, porém, como minha mãe não parava de repetir que se sentia suja e precisava tomar banho, uma enfermeira a levou para seus aposentos e lhe deu roupas limpas.

No dia seguinte, meu pai recebeu alta do hospital e, mesmo com uma brutal dor de cabeça e com uma imensa tristeza espelhada no rosto e alma, tratou do funeral dos seus pais e pediu ajuda ao Consulado do Brasil, em Hamburgo. Ficou acertado que o Cuyabá nos aguardaria até a meia-noite do dia seguinte.

Passamos a noite em um pequeno hotel, no centro de Bremen, os três no mesmo quarto, sem conseguir pegar no sono. Quase não falávamos; permaneci no meio da cama de casal, segurando nas mãos deles. O choro era incontido e revelador de enorme sofrimento. Qualquer ruído nos corredores do prédio ou na rua nos sobressaltava.

No dia seguinte, tomamos o primeiro trem para Hamburgo e, para nosso infortúnio, vimos da janela um grupo de jovens nazistas maltratando um casal e duas crianças, cujas vestes ostentavam a Estrela de Davi.

Na volta ao Brasil, no mesmo navio, o ambiente era inteiramente diverso da vinda para a Alemanha. Passava o tempo todo calada e pensativa, muitas vezes chorando, escondida nos cantos do convés. Os tripulantes, com quem constantemente interagia na vinda, tentavam em vão me animar. O assassinato de meus avós que acabara de conhecer e a violência que sofremos marcaram a ferro e fogo a minha alma e coração. Sentia que o meu tempo de criança havia passado.

Meus pais raramente se falavam e pareciam distantes um do outro e de tudo que os cercava. Já não se abraçavam e se beijavam como antes. Nem sequer se tocavam as mãos. Não entendia o porquê, pois na minha mente de menina, o pesadelo deveria servir para nos unir mais ainda.

A tragédia, além da imensa dor que nos causou, permanecia entre nós, afastando as pessoas que mais amávamos. Eu nutria um ódio mortal àqueles nazistas assassinos, mais ainda ao Adolph Braun. Ele e os seus cacundeiros, cujos rostos ficaram para sempre gravados na minha memória, haveriam de pagar por todo mal que nos causaram.

De volta à nossa casa em Blumenau, a nossa vida nunca voltou à normalidade de antes. Meus pais pareciam ressentidos um com o outro; não se ofendiam, mas não se tocavam, não riam nunca e pouco se falavam. Minhas necessidades (saúde e educação) e serviços a serem feitos na terra eram os únicos temas que conversavam. Com o tempo, foram pouco a pouco se perdoando de pecados que não cometeram e se reencontrando. Voltaram a ser um casal normal, mas nunca mais com o mesmo brilho nos olhos.

O interessante é que jamais tive ódio de todos os alemães. Meus avós e pai eram alemães. Os policiais que nos acudiram e os médicos e enfermeiros, cujos nomes não consigo lembrar, e que foram muito atenciosos e nos trataram com desvelo, também eram alemães. O meu ódio eterno era dirigido aos sádicos que nos assaltaram e maltrataram sem qualquer comiseração. Nunca os perdoaria.

De volta ao presente, ponderou que poderia simplesmente denunciar o criminoso às autoridades brasileiras, mas não haveria como assegurar que ele receberia uma punição proporcional à gravidade de seus crimes. A legislação do Brasil era relativamente branda comparada à de outros países e não favorecia a extradição de criminosos. Além disso, havia rumores de que o Governo teria dado guarida a diversos criminosos nazistas.

Chegou à conclusão que caberia a ela fazer com que o Adolph sentisse na própria pele a dor e o mal que causou à sua família. Sim, mas como fazer isso? Pense Sarah, ordenou a si mesma.

Naquela mesma noite, sem pregar no sono, Sarah arquitetou o seu plano de vingança. A parte mais difícil, avaliou, seria a de se aproximar do facínora, sem se revelar ou deixar transparecer suas intenções.

Ela não poderia permitir que ele tivesse a menor suspeita sobre o seu propósito, pois não teria outra oportunidade.

Sem ter certeza se tinha força e sangue frio para consumar sua vingança; foi para a cama em dúvida sobre como deveria proceder. Deveria evitar riscos e apenas denunciá-lo às autoridades brasileiras, mesmo sabendo da incerteza da punição? Ou ela deveria assumir ela própria a responsabilidade de tentar obter sua prometida vingança?

Incapaz de adormecer, ela pulou da cama, acendeu as luzes do quarto e se posicionou em frente ao grande espelho preso ao guarda-roupa. Olhando para sua própria imagem, iniciou uma estranha conversa consigo mesma, em voz alta.

- Sarah, tem certeza de que você consegue fazer isso sozinha?

- Eu preciso tentar; ele não pode escapar ileso.

- Entendo, mas por que você acha que teria coragem e sangue frio para executar um plano tão arriscado?

- Tenho algumas vantagens sobre ele. Ao contrário de mim, é claro, ele não sabe quem eu sou. Posso fingir ser a mulher mais bonita, atraente e sexy possível, do tipo que poderia conquistar qualquer homem no mundo.

- Mas isso seria suficiente?

- Não, mas eu tenho as chaves do sucesso: a rara oportunidade e minha forte vontade de finalmente fazer esse criminoso pagar na mesma moeda por todo o mal que fez à minha família.

- Algo mais?

- Minha querida, eu tenho um cérebro.

- Então, vamos fazer isso, começando a planejar todos os passos agora mesmo.

Tendo escrito no papel o que e como fazer a partir da manhã seguinte, ela foi para a cama e imediatamente adormeceu.

3. A Conquista

Nos dias seguintes, cumpriu a programação de madrinha e melhor amiga da noiva, experimentando vestidos e ajudando a escolher peças do enxoval para a viagem de lua de mel; enfim, acompanhando a Lisette a todos os lugares e momentos. Quando a oportunidade surgia, buscava expandir sua rede de relacionamentos com esposas e filhas de autoridades brasileiras e de diplomatas.

Não obstante, não se desviava do foco de identificar o seu alvo nas pessoas com quem cruzava e, sempre que dispunha de algum tempo livre, retornava à Confeitaria Colombo. Isso se repetiu por vários dias, até que, repentinamente, o observou caminhando ao seu encontro, em Copacabana.

Sem saber bem o que fazer, esbarrou nele e deixou cair os pacotes que carregava, espalhando o conteúdo pela calçada. Reclamando do incidente, abaixou-se para recolher seus pertences, no que foi seguida por ele, com pedidos de desculpas. Entretanto, como as sacolas de papel haviam se rompido, ficaram com as mãos cheias de roupas, cosméticos, cremes etc. Juntos foram a uma loja próxima, onde conseguiram novas sacolas.

Apresentou-se como Geraldo da Fonseca, gaúcho de Bagé, e a convidou para tomar um chá ou café, como forma de retribuição pela forma desastrosa de caminhar pela calçada. Com o coração nas mãos, as pernas tremendo e sem poder conter a emoção, recusou polidamente o convite; transmitindo, deliberadamente, a impressão de que estava propensa a aceitá-lo. Assim, ele insistiu um pouco mais e ela, "relutantemente", assentiu que, verdadeiramente, estava precisando de um café.

A esse encontro, outros se seguiram. Surpreendentemente, ela estava cumprindo perfeitamente o papel que se reservara. Linda como era, vestia-se sempre de forma sensual e se insinuava provocantemente a ele; não obstante, habilmente evitava quaisquer avanços de cunho sexual. No máximo, como forma de provocação, tocava-o nas mãos ou roçava seus seios em suas costas ou braços. Isso o perturbava e o fazia cada vez mais ansioso por seus carinhos.

Enquanto ele lhe contava sua vida imaginária no Rio Grande do Sul, o que justificaria suas diferenças de sotaque, que era formado em engenharia civil e que entendia um pouco de inglês; ela falava de sua família omitindo qualquer detalhe que pudesse revelar suas intenções. Não obstante, de forma a evitar que cometesse eventuais indiscrições, inseriu o máximo possível de informações corretas. Disse que aprendera alemão com seus avós, que estava noiva de um médico nos Estados Unidos, que era professora assistente no MIT, e outras sem muito significado.

Essa precaução mostrou-se providencial, pois poucos dias depois recebeu um telegrama de um de seus estagiários do MIT, informando que fora questionado sobre ela por duas pessoas que pareciam policiais. Uma mensagem parecida foi lhe enviada por sua mãe.

A revelação de que era comprometida justificava a sua insistência em não serem vistos juntos, pois poderia deixá-la mal com seus amigos e conhecidos; além disso, seu noivo não merecia tal desfeita pública. Mesmo assim, dirigia-lhe olhares lânguidos que prometiam tudo que um homem pode querer de uma mulher.

De volta ao hotel, com absoluto nojo daquele criminoso, lavava furiosamente todas as partes do seu corpo que tivessem sido tocadas por ele. Recebia buquês de flores diariamente, acompanhados de bilhetes com palavras melosas, que rapidamente eram atirados no lixo.

A cada dia, antes de deixar seus aposentos, rezava e buscava forças para prosseguir com seu plano. Relembrava da expressão de satisfação do Herr Adolph Braun pela dor e sofrimento causados a ela e sua família e, com isso, renovava a sua determinação. Recompunha-se e assumia o papel que havia traçado. Como ele não demostrara qualquer sinal de comiseração ao cometer seus crimes, ela também não o faria, jurava para si mesma!

Depois de muita insistência dele, ela, com um olhar maroto e cheio de promessas, concordou que eram adultos e que não via mal em se relacionarem intimamente, contanto que não representasse qualquer compromisso de ambas as partes. Precisava, no entanto, que ele concordasse em serem o mais possível discretos. Propôs que o melhor seria passarem alguns dias em uma casa de campo, que ela iria reservar. Reiterou que discrição máxima era sua condição única; qualquer deslize neste quesito implicaria em seu cancelamento imediato.

Secretamente, alegando que iria visitar uns parentes em Juiz de Fora, no Estado de Minas Gerais, onde permaneceria por três dias, viajou para Petrópolis, na região serrana do Rio de Janeiro. Lá, usando uma peruca e chapéu com renda que cobria seus olhos, alugou uma casa mobiliada, bem afastada de vizinhos. Disse que buscava o máximo de privacidade e sossego, pois seu marido precisava de tranquilidade para se recuperar de uma séria doença dos nervos. Ele reagia violentamente a estranhos.

Como se ofereceu para pagar seis meses de aluguel adiantados e que não precisaria de recibo, o proprietário não fez qualquer questionamento. Prometeu que ela só voltaria a vê-lo quando viesse renovar o aluguel ou entregar as chaves.

Com a justificativa do isolamento da casa e necessidade de se precaver contra intrusos, estando seu marido doente, pediu e o proprietário indicou um conhecido que vendia armas e munições. Adquiriu uma escopeta de grosso calibre, com doze cartuchos.

Em lojas diferentes, comprou corda, correntes, cadeados, ferramentas, facas, bebidas e comida. Em uma botica mais afastada do centro, adquiriu medicamentos, esparadrapo, ingredientes e seringas com agulhas hipodérmicas. Na casa, ambientou-se com o manejo da arma e a testou no quintal. Não lhe foi difícil, pois era semelhante à que seu pai usara para lhe ensinar a atirar. Escondeu a escopeta no quarto e as facas nos outros cômodos, para o caso de necessitar se defender.

4. A Captura

A cerimônia religiosa do casamento de sua melhor amiga com o João foi realizada na Igreja de Nossa Senhora do Carmo (Sé do Rio de Janeiro), palco das coroações dos dois únicos Imperadores do Brasil e de casamentos reais e da elite carioca. A noiva estava deslumbrante e sobejando beleza e graça. Os nubentes mostravam claramente nos seus olhares a emoção e a felicidade de estarem em união por toda a vida. Eles se amavam e seriam muito felizes. Sarah chorou de emoção e alegria pela realização do sonho da amiga.

Geraldo compareceu à igreja, onde permaneceu convenientemente afastado de Sarah, porém, em certo momento, trocaram olhares de cumplicidade, abominados por ela assim que saiu de sua visão. Observou que dois homens o acompanhavam e reconheceu uma semelhança de seus rostos com os de cúmplices no massacre de seus avós.

- Meu Deus, estão todos aqui. - Pensou.

Como ele não fora convidado para a recepção, ocorrida nos salões de festa do Hotel Copacabana Palace, sentiu-se livre para festejar a alegria de sua melhor amiga. Aproveitou para se aproximar e estreitar relações com as amigas da noiva que conhecera na festa de despedida de solteira; entre essas, as esposas de diplomatas estrangeiros, especialmente dos Estados Unidos, Inglaterra e Israel. Trocaram dados de contato e promessas de se encontrarem em breve.

No dia seguinte, avisou a gerência que ficaria um ou dois dias fora da cidade e deixou o hotel levando uma pequena mala. Caminhou por dois quarteirões e, o mais discretamente possível, entrou no carro que a aguardava.

Geraldo dirigiu até Petrópolis pela curvilínea estrada da serra. Fizeram uma parada em um restaurante na estrada, para um lanche, e ela observou que outro carro estacionou, em seguida. Dentro dele, as mesmas duas pessoas que estavam ao lado dele na igreja. Após o lanche, questionou o seu compromisso de confidencialidade.

- Geraldo, é decepcionante ver que não cumpriu com a sua palavra de máxima discrição. Peço que me leve de volta ao meu hotel; ou por outra, volte sozinho que pedirei um taxi.

- O que está dizendo?

- Aqueles dois homens estão nos seguindo desde o Rio de Janeiro e eu os vi com você no casamento. Não vá dizer que não os conhece.

- Querida, me desculpe. Eles são os seguranças que meu pai contratou para me proteger no Rio de Janeiro. Não se preocupe, vou dispensá-los.

Geraldo aproximou-se dos dois homens, conversaram e eles se retiraram discretamente do restaurante. Entraram no carro e dirigiram na direção do Rio de Janeiro.

Desculpas pedidas e aceitas, prosseguiram na jornada rumo à prometida felicidade. A partir do Hotel Quitandinha, Sarah o orientou pelos meandros do caminho até a casa alugada, que dizia ser do seu tio que vivia em Juiz de Fora.

À ansiedade e impaciência de Geraldo, que buscava tocá-la constantemente, alegou que essa seria a primeira vez que teria um momento íntimo com um homem e que tudo precisava ser feito exatamente como ela sonhara. Ela buscou uma garrafa de vinho francês que havia deixado na casa e pediu a ele para abrir e servir as taças. Brindaram os momentos de êxtase que antecipavam e, enquanto ele tomava o primeiro gole, disse que iria se preparar para ele e que retornaria em seguida.

- Vá saboreando o vinho, querido, que já volto para você. - Disse com um sorriso maroto.

- Não demore, não aguento esperar nem mais um minuto.

O poderoso anestésico que havia cuidadosamente inserido na garrafa, por meio de uma seringa com uma fina agulha, não fez o efeito imediato, como esperava. Com a bebida que ingeria aos borbotões, seu instinto animal foi aflorando e dirigiu-se ao quarto onde ela havia se trancado. Como não conseguiu abrir a porta, passou a esmurrá-la e, esquecido de seu papel de gaúcho, começou a falar em alemão: hoje você não escapa, chega de frescura, não vou esperar nem mais um minuto...

Quando ele conseguiu arrombar a porta, avistou a Sarah do outro lado da cama e partiu em sua direção, sem sequer notar que ela portava uma arma letal. Embora estremecida pelo medo, ela estava pronta para atirar, quando ele se deteve de repente, colocou as mãos na cabeça e caiu sobre a cama.

Então, o poderoso nazista, senhor da vida e da morte, estava inerte e indefeso. Em nada parecia com o então arrogante e impiedoso líder da juventude hitlerista de Bremen. Após se certificar de que estava realmente desacordado, deu sequência ao seu plano.

Quando Adolph recuperou a consciência, sentiu-se imobilizado. Estava com os braços e pernas firmemente atados à cama de madeira de lei, com correntes e cadeados, sem qualquer possibilidade de se soltar. Ainda com a visão turva, viu um vulto que vestia o uniforme do grupo de militantes nazistas, sorriu e o saudou com um vigoroso "Heil Hitler". Quando conseguiu enxergar melhor, observou que o uniforme não trazia no braço a Suástica, mas a amarela Estrela de Davi. Apavorou-se e começou a gritar em alemão os piores xingamentos contra os judeus.

- Você não se lembra de mim, Geraldo, ou melhor, Adolph?

- Quem é você? Por que está fazendo isso comigo?

- Não se recorda da menina de dez anos que chamava de "linda brasileirinha", em Bremen, em 1937? Não se lembra de ter comandado a covarde chacina de meus avós; dois idosos indefesos? Também, não deve se lembrar de você e seus capangas terem abusado de minha mãe? Certamente, não se lembra de ter desfrutado com grande prazer de toda a nossa desgraça? É, Herr Adolph Braun, pode ter esquecido porque para você não éramos nada, absolutamente nada. Agora, quem é nada é você.

- Meu Deus, Sarah, é você aquela menina? Por favor, me perdoe, eu não sabia o que estava fazendo, era muito jovem, fui obrigado, estou arrependido, eu te amo...

Depois vendo que ela se aproximava da cama com um objeto na mão, começou a suplicar chorando como uma criança.

- Pelo amor de Deus, não me mate, eu faço tudo que quiser. Posso lhe entregar todo o dinheiro, ouro e joias que tenho escondido.

- Não se preocupe, "meu querido" nazista. Você não vai morrer tão rápido. Vou dar um passeio e já volto; enquanto isso, pense no castigo que merece pelos crimes que cometeu. Com o cuidado de usar luvas, colocou uma fita de esparadrapo na boca dele e saiu do quarto, deixando-o a sós com um olhar de súplica.

Trocou o uniforme por um vestido normal e, sem largar a escopeta, caminhou pelo quintal, colheu e comeu uma laranja lima, voltou para a sala, leu uma revista e deixou o tempo passar. Depois de cerca de duas horas, retornou ao quarto do seu prisioneiro.

Os sentimentos de indefeso e de solidão cumpriram seus papéis e o apavoraram mais ainda: ele chorava e rezava abundantemente. Assim que ela retirou o esparadrapo de sua boca, tentou apelar aos seus sentimentos humanitários, jurando inocência, que a guerra já lhe havia cobrado um alto preço pelos seus pecados etc.

Como não percebeu nela qualquer reação favorável, passou a ameaçá-la e a toda sua família. Os seus companheiros nazistas sabiam dela e, se algo lhe acontecesse, iriam se vingar. Ela, sua amiga Lisette, seu noivo nos Estados Unidos, sua mãe e pai seriam todos mortos.

Demonstrando frieza, embora, por dentro, seu coração batesse acelerado, riu debochadamente da sua bravata.

- Não tenho intenção de sujar minhas mãos com você, a não ser que não queira cooperar. Isto é um gravador de fita e você vai confessar todos os seus crimes. Além disso, vai me contar como chegou ao Brasil, quem lhe acobertou, quem são os seus companheiros nazistas, onde está a fortuna que roubou das suas vítimas, dentre outras.

- Não vou dizer nada. O que está fazendo é crime de cárcere privado e de tortura. Você vai acabar presa.

- OK, você é quem sabe. Amanhã, voltamos a conversar.

Passou a noite em outro quarto, com a porta trancada e a escopeta carregada e à mão. Sabia que o criminoso estava fortemente amarrado e sem qualquer condição de escapar, mas mesmo assim, não se sentia segura.

Na manhã seguinte, tranquilizou-se quando o viu exatamente onde e como fora deixado. Tinha urinado nas calças e pediu para ir ao banheiro. Nem sequer mereceu resposta.

- Está pronto para confessar seus crimes? Podemos ficar aqui por muito tempo e ninguém no mundo vai saber onde está.

- Vá à merda, vagabunda.

- Tudo bem, volto amanhã.

Quando estava para deixar o quarto, ele sentiu a sua determinação e frieza e pediu para ela esperar. Tentou negociar sua liberdade em troca de informações sobre outros nazista e dinheiro, muito dinheiro.

- O único bem que está em negociação é a sua vida. Se confessar os seus crimes, delatar os nazistas escondidos no Brasil e entregar a fortuna que roubou dos judeus, você poderá viver um pouco mais. Caso contrário, terá uma morte dolorosa.

Despejou, vagarosamente, o conteúdo de uma garrafa d'água em sua boca e saiu do quarto, deixando-o gritando impropérios intercalados com pedidos de misericórdia.

Ao retornar ao quarto, na manhã seguinte, o ambiente exalava o mal cheiro da mistura de urina com fezes, mas fingiu não se importar.

- E aí, Adolph! Vai falar, ou prefere deixar esta conversa para amanhã?

- Sim! Não aguento mais, eu falo. Jure por Deus que não vai me matar?

- É claro que sim. Já disse que não vou matá-lo. Não sou assassina, pode confiar.

A partir daquele momento, o sádico poderoso que assombrara os seus sonhos por tanto tempo, desnudou completamente sua vida de crimes. Passou horas descrevendo os seus delitos contra os judeus, desde o seu período de líder da juventude hitlerista, até próximo do fim da guerra, quando ocupava um importante posto na Gestapo.

Contou que sua mãe era brasileira e apontou os nomes dos seus parentes e dos simpatizantes do nazismo que o ajudaram na fuga. Denunciou, um por um, os agentes do governo brasileiro que facilitaram a sua entrada e instalação no País, mediante suborno. Nomeou todos os seus colegas que fugiram com ele para o Brasil, seus nomes adotados e endereços.

Indicou com detalhes as suas propriedades, as contas de banco, inclusive da Suíça, e os cofres secretos em que escondia barras de ouro, ações de empresas e um significativo valor em dólares americanos. Finalmente, explicou a forma e o modo de comunicação entre os nazistas escondidos fora da Alemanha, incluindo a codificação empregada.

Satisfeita, pacientemente e sem se importar com o odor fétido, alimentou o seu prisioneiro, dando-lhe comida e água na boca. Precisava que estivesse vivo e consciente quando viessem buscá-lo.

Antes de sair da casa, fixou um cartaz acima da cabeceira da cama alertando ser o cativo um criminoso nazista, fez duas boas cópias da gravação e apagou os rastros de sua presença, incluindo impressões digitais.

Dirigiu o carro do Adolph até próximo da rodoviária de Petrópolis, abandonou-o em local afastado, e pegou um ônibus para o Rio de Janeiro. Assim que chegou, tomou um taxi até a casa do Embaixador de Israel e pediu para falar com sua esposa.

Foi recebida como amiga e, enquanto tomavam chá, Sarah contou toda a sua história, sem omitir nenhum detalhe. Imediatamente, a dona da casa mandou buscar seu marido, pedindo que ele viesse acompanhado do seu Oficial do Serviço Secreto.

Sarah repetiu ao Embaixador e ao Agente Secreto toda a história e lhes entregou uma cópia da gravação e um croqui descrevendo o local em que o Adolph se encontrava. Adicionou todas as informações que julgou úteis, como a placa do carro dos seus guarda-costas, as investigações feitas sobre ela em Boston e Blumenau.

De imediato, o Embaixador determinou ao Agente Secreto que tomasse as providências necessárias para a detenção e deportação para Israel dos denunciados. Após, negociaria com o Governo Brasileiro a liberação dos recursos dos nazistas.

Agradeceu muito à Sarah pela sua coragem e colaboração e assegurou que seriam tomadas as medidas de segurança do mais alto nível, dia e noite, tanto para ela, como para sua família, em Blumenau.

5. Epílogo

Como medida de precaução, Sarah pagou a conta, fez as malas e deixou o Hotel Copacabana Palace. Se alguém a procurasse, pediu para informar que fora passar uns dias em Belo Horizonte e que não saberia quando estaria de volta. Viajou para São Paulo e se hospedou no Consulado de Israel.

Alguns dias depois, o Cônsul reuniu-se com ela e apresentou o resultado das operações. O Adolph e os seus dois guarda-costas foram presos de imediato; os demais nazistas foram capturados em uma ação simultânea de agentes secretos dos Estados Unidos, Inglaterra e França, apoiados informalmente pelo Ministro da Guerra do Brasil.

Nos cofres e esconderijos secretos indicados pelo delator foram recuperados cerca de sete milhões de dólares americanos. Detalhou as diversas ações em andamento para o desbaratamento da rede de criminosos de guerra. Finalmente, asseverou que todos seriam levados para serem julgados e punidos em Israel.

Já não havia qualquer risco para ela e sua família, o que lhe causou um enorme alívio. Por ordem do Embaixador, o Cônsul quis saber onde deveria depositar os valores da recompensa oferecidos pela captura de criminosos de guerra. Somadas as recompensas de cada um dos presos, a quantia resultante era substancial.

- Não, senhor Cônsul, não fiz isso por dinheiro, mas por uma questão de justiça. Desejo apenas que Adolph Braun e seus capangas sejam devidamente punidos pelos seus crimes cruéis. Isso é o que preciso para viver a minha vida em paz comigo mesma. O valor do prêmio, peço que seja usado em favor das vítimas do nazismo.

Assinou um documento doando os valores da recompensa para instituições internacionais de apoio às vítimas da política antissemitas do nazismo, com uma cláusula de anonimato.

Em seguida, sentindo-se aliviada do peso do tormento que a assolava desde os seus dez anos, viajou para o Rio de Janeiro. Chegou a tempo de recepcionar o seu noivo no Aeroporto Internacional do Galeão.

Ao avistá-lo no hall de desembarque, com os olhos brilhando como nunca, correu em sua direção e se lançou em seus braços.

- Ah, meu querido. Que bom que está aqui; estava morrendo de saudades.

- Meu amor, também estava com muitas saudades.

Beijaram-se apaixonadamente. Ele observou que ela irradiava uma felicidade e segurança, que nunca havia notado, deslumbrantes.

- Como foi tudo? Alguma novidade?

- Nada de interessante, apenas coisas do casamento da Lisette que lhe contarei no caminho para o hotel.

- E nós, quando vamos nos casar? Estou esperando a sua decisão há longo tempo.

- Que tal nos casarmos agora, em Blumenau, na casa de meus pais?

Um beijo de amor verdadeiro selou o acordo. Uma áurea de felicidade envolveu o casal, que foi sentida por todos os presentes.

- ✓ Em cerca de seis meses, Adolph Braun e cinco outros prisioneiros foram julgados e condenados à pena capital por uma Corte Especial em Israel, tendo a sentença sido aplicada imediatamente. Os demais prisioneiros receberam sentenças entre perpétua e vinte anos de reclusão.

- ✓ Alguns anos depois os avós de Sarah, Kleber e Lucilla Müller, foram homenageados com seus nomes em uma escola para crianças desamparadas, na cidade de Nazaré, em Israel.

- Em 1960, Sarah Müller foi condecorada com a mais alta honraria do Governo de Israel, destinada a pessoas que realizaram atos de supremo heroísmo, com risco da própria vida.

Mistérios do Sertão

Só um milagre poderia tirar aquelas pessoas da miséria e sofrimento em que viviam, mas será que Deus em sua infinita bondade um dia pousaria seu olhar divino nelas?

Era o ano de 1989, o Homem havia pisado pela primeira vez na Lua fazia vinte anos, mas o assunto ainda era tema de conversas nas noites de sábados de lua cheia. Os casais se sentavam em cadeiras colocadas à frente de suas casas e puxavam conversa com os vizinhos, enquanto as crianças brincavam no meio da rua deserta. Os jovens preferiam passear pela pracinha da capela, fechada há tempos e cujo último dia em que fora celebrada uma missa já havia sido esquecido, onde podiam interagir e conversar com mais liberdade, longe dos olhos dos seus pais.

Não custava muito para se ouvir um comentário sobre a beleza e brilho do solitário satélite da Terra e o extraordinário feito dos astronautas americanos.

- Os americanos pensam que são deuses. – Dizia um.

- É mentira, o infinito pertence a Deus, só a Ele. - Afirmava outro.

- Será que encontraram São Jorge e o Dragão?. – Comentou um terceiro.

Naquele pequeno povoado do interior de Pernambuco, pertencente à Fazenda Jacutinga, não havia energia elétrica. As casas eram iluminadas com lampiões a querosene, cozinhava-se com fogão a lenha e o povo não tinha acesso aos meios de comunicação; nem televisão e nem rádio. Os jornais e revistas eram raros e, normalmente, antigos; mesmo assim, poucos sabiam ler e escrever funcionalmente.

Aquelas pessoas sofridas, que nunca tiveram outro modo de ganhar a vida, coexistiam como se fossem de uma só família. Passavam pelas mesmas agruras e se ajudavam mutuamente. Não obstante, feitos indolentes pelo clima incremente e pelo desgosto de ver o suor e sangue de seu trabalho na terra ser infrutífero, alimentavam-se do sonho de tempos melhores, na crença de que, um dia, o sertão viraria mar.

Apesar de anos de sofrimento e sobrevivência marginal, não perdiam as esperanças de dias de trabalho benfazejo e fartura. A fé em um futuro de chuvas e abastança era o mote que os mantinham naquele local esquecido por Deus.

Bem, na verdade havia uma outra forte razão: o Coronel Azevedo, aliás, Antônio Figueiredo de Azevedo, proprietário da maior e melhor fazenda do município. Um homem com cerca de quarenta anos de idade, de estatura elevada, em relação ao típico nordestino, tez clara, cabelos louros e fartos; uma figura impressionante que poderia ser confundida com um artista dos filmes de Hollywood, se não fosse a própria encarnação do mal. Era o todo poderoso chefe da região que dominava seus serviçais com extrema violência psicológica, econômica e, muitas vezes, física. Outorgara-se a patente militar como se a tivesse obtido por mérito na guerra ou na carreira da caserna. Fazia da seca e da miséria do povo as indústrias de suas riquezas.

Contudo, nem sempre fora assim. Até a trágica morte de seus pais, cerca de dez anos atrás, sempre que estava na fazenda, na infância, juventude e idade adulta, confraternizava intensamente com os empregados e seus filhos. Todos esperavam que quando ele, sendo filho único, assumisse a fazenda, a convivência patrão–empregado seria mais harmoniosa e humana. Vã ilusão. Ocorreu exatamente o contrário, as relações se tornaram mais frias e distantes.

Alguns anos antes da tragédia, o Coronel casara-se com Joana Catão Fernandes, uma moça muito bonita, de fino trato, de cabelos longos e negros, com olhos azuis como o mar e muito religiosa. A união foi abençoada com duas filhas gêmeas igualmente lindas, com as quais ele não se cansava de brincar e paparicar, já com cerca de oito anos de idade.

Ao assumir a gestão da fazenda herdada, o nível de interação com sua esposa e filhas diminuiu até o limite da suportabilidade. Depois de frustrantes tentativas de reaproximação e de retorno à normalidade das relações, Joana encontrou uma forma, sem objeções do Coronel, de se mudar para longe. O Coronel ficava a maior parte do tempo sozinho na fazenda, enquanto sua mulher e filhas moravam em Recife, mas não parecia se importar com suas ausências.

- Elas precisam estudar e conviver com crianças do mesmo nível social. Na Jacutinga, isso não é possível. – Justificava Joana para sua família e amigos.

A fazenda pertencia à família do Coronel, desde os tempos da Proclamação da República. Sua extensão abrangia uma área de cerca de vinte mil hectares. Quase que exatamente a metade da terra era de planície e a outra de platô.

A planície, no passado remoto, teria sido um pântano e possuía diversas fontes de água doce que asseguravam o nível pleno dos açudes, durante todo o ano, mesmo nos períodos de extrema falta de chuva. A terra era produtiva tanto para pecuária como para a agricultura e fazia a boa fortuna de gerações dos Azevedo.

A área situada em platô, por sua vez, contrastava quase que inteiramente com a de planície: a terra era seca, sem qualquer fonte d'água e praticamente sem valor econômico. A única semelhança era a boa qualidade do solo. O da planície era do tipo Massapé, normalmente encontrado na faixa litorânea do Nordeste e o do platô, do tipo Terra Roxa, comum no Sudeste, mas não encontrado em qualquer outro local da região.

Na verdade, a disponibilidade do líquido da vida é que determinava a elevada demanda pelas terras baixas e o seu alto valor econômico, em total contraste com as terras do alto que nada valiam.

Os moradores do povoado eram os proprietários legais das terras altas, divididas em lotes iguais, enquanto o Coronel possuía todas as terras baixas. Esse processo de compra e venda ocorrera há dois anos, motivado pela coincidência de um problema com uma oportunidade.

Estava em curso em todo o país um programa governamental de inspeções trabalhistas e investigações de ofensas aos direitos humanos no campo. Muitas fazendas haviam sido multadas em valores vultosos por infrações às leis trabalhistas. Em diversos casos, os proprietários, além da pena pecuniária, foram indiciados e presos por crimes inafiançáveis contra os direitos humanos, acusados de trabalho escravo.

Esse era o problema. A Fazenda Jacutinga e o Coronel se enquadravam nas duas situações, em níveis deveras agravantes. Nenhum colono jamais recebera pagamentos regulares, que, nominalmente, eram bem inferiores ao salário-mínimo. Com os descontos abusivos pela moradia em verdadeiros casebres e das compras supervalorizadas no armazém da fazenda, na maioria das vezes os empregados eram devedores do patrão. Além disso, nunca tiveram suas situações trabalhistas regularizadas junto aos órgãos governamentais.

Calculada por um contador de confiança, o total das indenizações e multas poderia atingir somas superiores ao valor da propriedade. Além disso, a possibilidade de prisão do Coronel era mais do que provável, seria inevitável.

Consideradas e descartadas as opções para se livrar da multa e da prisão, incluindo o pagamento de propinas aos agentes públicos, o Coronel foi desaconselhado por seus advogados em relação a todas as aventadas. A única saída, mesmo assim, sem garantias de não retroação das penalidades no tempo, era a venda imediata da fazenda.

A contragosto, viajou a Recife para tratar da negociação da fazenda e se deparou com um cenário de mercado fortemente vendedor de terras. Praticamente, a maioria dos grandes proprietários chegou à mesma conclusão do que o Coronel Azevedo e o repentino crescimento da oferta acendeu um sinal de alerta nos potenciais compradores. O preço médio do hectare despencou de tal modo que praticamente o custo de aquisição seria apenas o de aceitar o passivo e riscos trabalhistas; mesmo assim, não apareceram interessados na Fazenda Jacutinga.

Não se sentia bem fora da fazenda, onde era o senhor e amo de todos que o cercavam. Atribuía-se o direito de vida e morte e de desfrutar da mulher que escolhesse. Lá ele era o imperador; na cidade, apenas mais um dentre tantos. Não tinha interesse em encontrar com sua mulher e filhas, ainda mais podendo transparecer algum indício de fraqueza; assim, sem deixar que soubessem de sua presença na cidade, hospedou-se em um hotel.

No dia seguinte, ao dirigir-se para tomar o café da manhã, depois de uma noite mal dormida no luxuoso Hotel Boa Viagem, na praia de mesmo nome, passou os olhos nas manchetes do Correio de Pernambuco e se deparou com uma notícia alarmante: "Fazendeiros da Bahia Multados e Presos". De pronto, perdeu a fome e dirigiu-se ao bar da cobertura, de onde podia descortinar toda a maravilhosa praia de águas calmas e amenas, enfeitadas por uma fileira de coqueiros e animada pelos anúncios dos vendedores ambulantes.

- O senhor deseja tomar o café da manhã aqui? – Perguntou um garçom.

Despertado do estado de auto-hipnose provocado pelo choque da notícia e pelo vazio de ideias sobre como se livrar do castigo que, no seu modo de ver, era totalmente injusto, demorou alguns segundos para se recompor.

- Traga-me uma garrafa de Johnny Walker de rótulo vermelho.

Encheu o copo com o líquido meio amarelado da garrafa do seu whisky preferido e fixando o olhar no infinito do mar azul à sua frente, deixou-se levar por reminiscências de sua vida. O filme de sua história passou como um raio pela sua mente, detendo-se nos momentos de maior intensidade. Dentre esses, a tragédia que havia vivenciado quando retornara de longa viagem à Europa, com a mulher e filhas, onde viveram como príncipes, sem qualquer responsabilidade.

A imagem difusa de seu pai, atirando no peito de sua mãe e, ato contínuo, tirando a sua própria vida, não lhe permitia uma noite sequer bem dormida. Ficava tentando lembrar com clareza de todo o evento, mas algo bloqueava a sua memória e o angustiava severamente. Nunca soubera descrever exatamente o que ocorrera ou a razão da tragédia. Seria um indicativo de loucura hereditária, que em breve iria acometê-lo? Teria chegado o momento?

Voltando sua atenção para o copo, tomou o conteúdo de um só gole, sentindo queimar a garganta. Encheu-o novamente até a borda e se preparava para repetir o gesto, quando foi interrompido por uma voz conhecida.

- Amigo Toninho, que prazer encontrá-lo aqui.

Olhou para o lado e reconheceu o seu primo Arnaldo, que há tanto tempo não via. Jovem ainda, tinha se mudado para Brasília onde fizera carreira no serviço público federal. Diziam que exercia um importante cargo no Ministério da Fazenda.

Depois dos abraços e relembranças, o Coronel contou ao seu primo toda a sua angústia pela sina que se lhe avizinhava.

- Naldinho, é uma grande injustiça. Só me resta vender os meus bens e fugir para o Paraguai ou outro país, mas nem isso sei como fazer.

- Calma Toninho, conheço bem a Fazenda Jacutinga, desde o tempo em passávamos as férias lá, com o seu pai, e acho que sei de uma pessoa capaz de te ajudar. Os seus serviços não são nem um pouco baratos, mas é possível que resolva.

- Se puder, eu lhe serei eternamente grato e lhe recompensarei com o máximo que puder.

- Pare de beber, tome um café forte, coma alguma coisa e vista um terno; enquanto eu agendo uma reunião com esse meu conhecido.

Cerca de uma hora depois, o taxi que os conduzia parou em frente de um enorme portão de ferro que guardava a entrada de uma mansão no tradicional bairro da Jaqueira. Após se anunciarem, foram conduzidos a uma sala reservada onde lhes foram servidos sucos de frutas da região, biscoitos e café.

Enquanto Arnaldo se comportava com a desenvoltura de quem era familiar ao ambiente, o Coronel, extasiado, se espantava com as dimensões e a beleza arquitetônica da grande sala de visita com colunas em mármore, e, mais ainda, com a riqueza da mobília e das obras de arte e antiguidades. A sua casa da fazenda parecia uma choupana perto daquela. Isso o fez se sentir constrangido, mas esperançoso do potencial do amigo do Arnaldo poder ajudá-lo.

Após alguns minutos, o anfitrião adentrou ao recinto, cumprimentaram-se e conversaram sobre amenidades, até que os serviçais se retiraram. As portas foram trancadas e as conversas objetivas tiveram início.

O dono da casa, Dr. Francisco Albuquerque Moreira, conhecido nos corredores do poder como "Dr. Moreirinha", foi apresentado pelo Arnaldo como a eminência parda da República. Não ocupava cargo, mas era certamente o mais sagaz e influente político do Brasil. Se ele não resolvesse a pendenga, ninguém no país o faria.

Analisada detalhadamente toda a situação da Fazenda Jacutinga, incluindo os documentos e mapas geográficos que o Coronel trouxera, o anfitrião deixou a sala para conversar com seus assessores e fazer algumas consultas.

- Senhores, permaneçam na casa. Em breve lhes serão servidos o almoço e bebidas que desejarem. Voltarei assim que possível.

Cerca de quatro infindáveis horas depois, retornou com um indisfarçável sorriso nos lábios.

- Senhor Azevedo, temos uma solução e não vai lhe custar muito; até, pelo contrário, poderá lhe render um bom lucro.

Em resposta ao olhar de surpresa e expectativa do seu visitante, prosseguiu.

- O pagamento inicial é de apenas cem mil dólares, em espécie, a serem entregues ao seu primo, Dr. Arnaldo, o mais breve possível. Em continuidade, você deverá nos repassar integralmente e de imediato metade de todas as receitas que auferir dos procedimentos que vamos lhe propor.

Sem saber o que dizer e de certa forma intimidado com o ambiente e não tendo qualquer outra opção, o Coronel simplesmente assentiu com a cabeça.

- Antes de prosseguirmos, preciso que o senhor aceite formalmente as condições que lhe propus?

- Sim, sim... Estou de acordo. – Gaguejou o Coronel.

- Muito bem. O plano consiste em duas fases. A primeira será a transformação da Fazenda Jacutinga em uma Cooperativa; e na outra, a obtenção de financiamentos do programa de combate à seca e de incentivos fiscais e outras benesses do governo.

Antes que o Coronel pudesse dizer alguma coisa, ele prosseguiu.

- A partir de agora e, sempre que houver algum problema ou surgir uma oportunidade de negócio com a fazenda, o senhor terá que nos comunicar imediatamente. Nada poderá fazer sem ser previamente autorizado e estar sendo diretamente assessorado por nossa equipe.

Em seguida, mandou entrar na sala dois dos seus assessores, apresentados como Advogado e Auditor, Paulo Teixeira e Pedro Ferreira, a quem couberam o detalhamento do plano.

Satisfeito com o que ouviu, o Coronel pela primeira vez desde há muito tempo sentiu um fio de esperança e sorriu. Essa era a oportunidade.

- Dr. Moreira, muito obrigado! Estou de acordo com tudo que foi apresentado e pronto para assinar o contrato.

- Não há contrato a ser assinado. Trata-se de um acerto entre cavalheiros, selado com um aperto de mãos.

- Não tem receio de que eu não cumpra com a minha parte? – Disse o Coronel em tom de brincadeira.

- Absolutamente, nenhum! Sabemos tudo o que precisamos saber do senhor. Neste tipo de negócio, Coronel Azevedo, não há qualquer hipótese de arrependimento. A única opção ao seu cumprimento é um encontro antecipado com São Pedro; mas nem isso seria capaz de isentar os seus herdeiros. – Completou com um sorriso ladino.

Sem esboçarem qualquer sinal de terem achado graça pelo que parecia ser uma piada, os presentes, incluindo o Arnaldo, fixaram seus olhos inquisidores no Coronel. Este, sem saber o que fazer, deu um sorrisinho amarelo e balançou a cabeça em sinal de concordância.

- Muito bem! Estamos acertados. Amanhã, bem cedo, começamos com as providências. – Sentenciou o Dr. Moreirinha.

A obtenção e o pagamento dos dólares foram concluídos com sucesso, logo à saída da reunião, com a ajuda de um doleiro amigo de seu primo. Achou a taxa de câmbio abusiva, mas preferiu não dizer nada.

No dia seguinte, Pedro e Paulo se encontraram com o Coronel no Hotel Boa Viagem e juntos iniciaram uma maratona de cinco dias por repartições públicas federais e estaduais, cartórios e bancos de fomento.

Em todos os lugares, foram recebidos pelo mais alto escalão. Em pouco tempo, o arcabouço do plano estava pronto; faltando apenas a transferência de glebas de terras para os empregados da fazenda, de forma a ser constituída uma Cooperativa.

Na chegada do grupo de executivos do Dr. Moreirinha à Fazenda Jacutinga, acompanhado de uma equipe do Cartório de Notas do Município e de agentes de um banco de fomento, o Coronel apresentou a proposta aos empregados como uma benesse de um patrão bondoso; sem que, em qualquer momento tenha demonstrado um simples gesto ou expressão de simpatia. Surpresos, ninguém entendeu o que passava, mas como sempre, nenhuma reação, comentários ou questões foram feitas.

Um a um, os colonos com suas esposas compareceram a uma sala da sede da fazenda, onde assinaram as escrituras de compra e venda de um lote do platô por um preço supervalorizado; a declaração de dívida junto ao banco; o termo de associação e criação da Cooperativa e a procuração, outorgando ao Coronel plenos e irrevogáveis poderes para gerir a cooperativa.

Entraram e saíram da sala sem entender que ao assumirem a propriedade daquele pedaço de terra improdutivo, admitiam uma dívida impagável com o banco, que, sabidamente, jamais a receberia. Mais ainda, formalizavam sua submissão de vida e trabalho à tirania do Coronel.

Passada a euforia momentânea e silenciosa pelo sonho de se tornarem proprietários, rapidamente tudo voltou ao normal.

A Fazenda Jacutinga foi excluída da inspeção trabalhista e de direitos humanos devido a ser uma cooperativa e, é claro, à gestão invisível do seu novo 'padrinho'. O Coronel ainda recebeu, à vista, do banco de fomento uma verdadeira fortuna pela venda dos lotes aos seus empregados, tendo religiosamente repassado metade do valor auferido ao seu benfeitor, conforme instruções recebidas.

Após os procedimentos feitos, selados e registrados, a vida na Fazenda Jacutinga voltou rapidamente à rotina de sempre. O Coronel desfrutando do seu poder absolutista e os empregados jazendo na sua dura realidade.

Alguns meses depois, cumprindo orientação recebida por intermédio do Arnaldo, a Cooperativa Fazenda Jacutinga candidatou-se e foi contemplada com uma expressiva verba governamental, a fundo perdido, para projetos de combate à seca. Como nenhum tostão foi aplicado na destinação prevista, a metade do Coronel foi empregada em imóveis em São Paulo. Nada foi destinado aos demais cooperados, que sequer souberam da transação feita em seus nomes.

Certo dia de céu claro e de enorme visibilidade, o Coronel, sentado na sua cadeira de balanço na varanda de sua casa, após o almoço, enquanto saboreava um digestivo importado, chamou-lhe a atenção uma nuvem de poeira ao longe, na estrada que levava à Fazenda. Ao mesmo tempo, os empregados que descansavam de uma manhã de trabalho árduo na planície, notaram e ficaram curiosos com a chegada do veículo. Quando se aproximava, puderam observar que se tratava de um ônibus todo enfeitado com pinturas e luzes coloridas, tendo uma motocicleta pendurada na sua traseira.

O estranho veículo estacionou em frente à varanda onde estava o Coronel e dele desceu uma senhora de idade avançada, acompanhada de um garboso cão da raça policial alemão e um imponente ganso da raça chinês branco, conhecido como sinaleiro. Dirigiu-se claudicante ao Coronel e pediu permissão para estacionar o ônibus em alguma área desocupada e lá permanecer por alguns dias.

- Não vou incomodar em nada a quem quer que seja. Só preciso de um tempo para minhas reflexões e cumprir minha missão na vida.

O Coronel, imaginando ser ela mais um daqueles pregadores fanáticos de religiões exóticas, apontou para o platô e com tom de desdém respondeu.

- Pode ocupar o espaço que quiser lá em cima, mas não a quero aqui embaixo, pois pode atrapalhar o trabalho.

Joana, a esposa do Coronel, que fora passar uns dias na fazenda, possivelmente para tratar das despesas em Recife, que a tudo assistia, perguntou-lhe em voz baixa se poderia convidar a visitante para fazer um lanche.

- Não quero esse tipo de gente na minha casa. – Respondeu de forma ríspida e em voz alta.

A velha senhora fez que nada ouviu e cumprimentou a Joana com um sorriso e um aceno de mão.

O ônibus arrancou vagarosamente em direção ao platô e foi serpenteando por caminhos conhecidos apenas pelos moradores locais e, sem qualquer transtorno, estacionou em lugar à vista do povoado e da casa da fazenda.

No dia seguinte, logo ao nascer do sol, podia se ver que uma tenda fora armada, ao lado do ônibus, enfeitada com bandeirolas coloridas.

Na humilde casinha de dois cômodos (cozinha e quarto), onde moravam José Francisco, sua mulher, Giselda, e o filho de oito anos, Pedrinho, vivia-se mais uma manhã de drama. Pronto para sair para o trabalho na roça, José olhou com tristeza para sua mulher que permanecia deitada e gemendo de dores. Passou pela sua mente a imagem daquela mulher há poucos dias, linda e alegre, totalmente diferente da que estava à frente de seus olhos: não conseguiu conter as lágrimas. Antes de sair, acordou o filho e pediu para que ele fosse chamar a comadre Rita para cuidar da sua mãe.

Ambos, pai e filho, irmanados pela mesma angústia, lembraram imediatamente o que a comadre havia dito: "a Giselda vai morrer porque é pobre; se tratada em um hospital, já estaria curada". Com um misto de revolta, resignação e esperança de uma resposta do capataz ao pedido que fizera ao Coronel, por seu intermédio, dirigiu-se de cabeça baixa para o local do serviço. Quem observasse as feições do José Francisco, um homem alto para os padrões locais, muito magro, com a pele castigada pelo sol, os ossos do rosto salientes, cabelos ruivos e com rugas profundas, jamais poderia imaginar que não tinha mais de quarenta anos.

No entanto, aquele não seria um dia como outro qualquer; havia no ar alguma coisa diferente. Quase que imperceptível, o José começou a ouvir, ou melhor, sentir uma música suave e melodiosa, que parecia vir de todo lugar e de lugar nenhum.

Um leve esboço de sorriso poderia ser notado em sua face e na de seus companheiros de labuta. Cumprimentaram-se e se abraçaram antes de iniciarem o preparo do terreno para plantação. De vez em quando, um deles dizia uma coisa engraçada e os demais riam muito. Assim, o serviço programado para o dia terminou rapidamente e, após se despedirem cordialmente, retiraram-se para suas casas no horário do almoço.

O comportamento inusitado dos empregados chamou a atenção do capataz, Jacinto Cruz, que, sem ouvir a música que pairava no ar, correu a relatar o fato ao Coronel, que deu de ombros. Se o serviço fora feito, bom para todo mundo. A resposta não diminuiu a preocupação do capataz; aquilo não era normal; alguma coisa estava acontecendo e ele precisava descobrir o quê.

Tendo sido um dos trabalhadores, fora promovido a capataz, mesmo sem qualquer conhecimento de gestão ou técnico de agricultura ou pecuária, mercê de sua força física, temperamento violento e fidelidade canina. Recebia em compensação uma casa mais confortável e próxima à sede da fazenda, um salário digno e outras vantagens. Faria de tudo para não perder seu status e aquele comportamento estranho dos empregados poderia tornar sua utilidade desnecessária.

Assim que a comadre Rita chegou à casa, Pedrinho, ao terminar suas tarefas de acender o fogão e buscar água, pediu licença e, ainda em jejum, saiu em uma missão que imaginara antes de dormir. Caminhou rapidamente e percorreu a longa distância até a barraca no platô, chegando lá ofegante e quase desmaiando de cansaço.

Foi acolhido por braços fortes e levado até um ambiente refrigerado. Quando teve forças para abrir os olhos deparou com uma senhora idosa, de óculos e bengala dourados, tendo ao lado um cão e um ganso.

- Pedrinho, gostaria de tomar café da manhã comigo? A mesa já está posta.

- Como sabe o meu nome?

- Ah, eu me chamo Gertrudes, mas pode me chamar de Vovó Gegê. E, apontando para o cão, esse é o Mon Ami e, aquele, o ganso, o Amico Mio. São meus amigos fiéis e podem também ser seus, se quiser.

- Sim, é claro que quero. Oi Mon Ami; oi Amico Mio.

Ambos os animais responderam com latidos, grunhidos e movimentos alegres. Sem nada dizer, acompanhou a velha até uma mesa onde se fartou como nunca com sucos, frutas, pães, leite, café e outras guloseimas. Quando já não aguentava mais de tanto comer, iniciou a conversa que havia planejado.

- A senhora é rica?

- Não sei como responder a isso, mas o que lhe aflige tanto?

- A comadre Rita disse que minha mãe vai morrer porque é pobre.

- Vamos até lá, visitar sua mãe.

A Vovó montou na sua motocicleta, com o Pedrinho na garupa, ambos usando capacetes e desceram para a planície, acompanhados de perto pelo cão (correndo ao lado da moto) e pelo ganso (voando, ou melhor, dando longos saltos).

Ao entrar na humilde casa, a luz do sol parecendo iluminar mais ainda o ambiente, ela portava um bornal que não havia sido notado pelo Pedrinho.

Depois das apresentações e conversas iniciais, a Vovó Gegê pediu para ficar a sós com a paciente. De longe, Pedrinho observou que ela vestira luvas médicas cor de rosa e examinava detalhadamente sua mãe. Ao final, aplicou-lhe uma injeção no braço. Ao se dirigir à Rita, deixou transparecer um leve sorriso de otimismo.

- Isso vai fazê-la se sentir melhor. Por favor, providencie para que a Giselda tome um desses comprimidos de quatro em quatro horas. Amanhã, venho ver como ela está reagindo à medicação. Por oportuno, Dona Rita, sugiro que a senhora beba uma colher deste xarope, a cada seis horas; vai fazer bem para esse pigarro.

Dito isso, dirigiu-se à porta e saiu. Quando o Pedrinho a procurou para agradecer, já não a avistou.

No momento em que o José entrou na casa, ainda sentindo a música, deparou com uma cena que sonhara profundamente: sua mulher amada estava sentada à mesa, fazendo uma leve refeição. Ficou tão feliz e aliviado do peso que trazia no coração que sua reação foi chorar de alegria e correr a abraçá-la e beijá-la, rezando por dentro que não fosse um sonho.

No dia seguinte, a Vovó Gegê visitou Giselda, em um momento em que apenas ela e o Pedrinho estavam em casa, e encontrou a paciente muito melhor. Aplicou-lhe mais uma injeção e a declarou curada. Só necessitava de repouso por uns dias e tomar os comprimidos, de quatro em quatro horas, até que acabassem.

Depois de alguns dias, Giselda estava completamente recuperada e a notícia tinha se espalhado por todo o povoado e, também, para a sede da fazenda.

Uma romaria de pessoas passou a visitar diariamente a Vovó Gegê que a todos atendia com muita atenção, distribuindo remédios e dando conselhos, sem perder o bom humor. Para as crianças, sempre tinha um presentinho para dar, parecendo que adivinhava o que mais queriam receber: um carrinho para um, uma boneca para outra ...

O Coronel não se incomodava com a situação, aliás, achava até bom a melhoria da saúde dos empregados, o que representava mais produtividade do trabalho. Ademais, tinha por si que a presença daquela mulher era temporária e que logo ela deixaria a fazenda. Contudo, Jacinto, o capataz, via tudo com muita desconfiança e até uma ameaça ao posto de poder e prestígio que ocupava: há alguns dias que não recebia qualquer pedido dos colonos.

Algum tempo depois quando a Giselda já se sentia plenamente recuperada, em um domingo pela manhã, a família caminhou até o platô para agradecer a bondade daquela senhora milagrosa. Giselda levava um buquê de flores silvestres, José, um bornal com algumas frutas colhidas do seu quintal e Pedrinho, uma cartinha que conseguira escrever com a ajuda de sua mãe.

Antes mesmo de chegarem à tenda, o cão e o ganso correram ao encontro de Pedrinho e lhe fizeram uma barulhenta e alegre recepção.

- Oi, Mon Ami, oi Amico Mio. – Dizia enquanto lhes acariciava.

A dona da casa, ou melhor, da tenda, os recebeu com sinais de alegria e os convidou para um lanche. A princípio tímidos e temerosos de incomodar a bondosa senhora, polidamente recusaram. Mas frente à insistência da anfitriã e aos meneios de ansiedade do Pedrinho, aquiesceram. Dentro da tenda observaram que o espaço interno era bem maior do que aparentava e que era muito luxuoso e fresco.

- Estou emocionada com os presentes que me trouxeram. Se me permitirem, pretendo plantar as flores para começar um jardim à frente da tenda e as mangas na parte de trás.

- Desculpe, senhora, mas isso não presta não. Nesta terra não dá nada: é muito seca. – Afirmou José.

- É, mas não custa tentar, não é? – Explicou com um sorriso e olhos brilhantes.

Virou-se para o Pedrinho e, ainda sem ter lido o bilhete.

-Meu bondoso e inteligente menino, a sua cartinha me trouxe a emoção de voltar a ser criança. Muito obrigado. Você será um médico maravilhoso.

Pedrinho fez que iria perguntar como ela sabia o que estava escrito no bilhete, quando foi interrompido por um suave badalar de sino e pela abertura de uma cortina, mostrando a mesa posta.

- Vamos almoçar.

Com a insistência da Vovó, José e Giselda perderam um pouco a timidez e se deliciaram com as iguarias, nunca antes provadas. Pedrinho comeu até empanturrar e ainda levou um prato com as suas guloseimas preferidas.

Ao se despedirem, a anfitriã insistiu para que voltassem em uma semana; no próximo domingo.

- Não esqueçam. Vou aguardá-los para o almoço no próximo domingo. Pedrinho, apareça sempre.

Nesse interim, cada vez mais incomodado com a presença daquela senhora subversiva, Jacinto, armado de revólver e carabina, selou seu cavalo e partiu em direção à tenda no platô. Sua intenção era dar um susto na velhota e expulsá-la da fazenda. No entanto, quando se aproximava da tenda, notou que dois homens fortemente armados guardavam a entrada. Vendo-se em total desvantagem, deu meia volta e retornou à sede da fazenda.

Ao contar o ocorrido ao coronel, esse achou que o seu capataz estava perdendo a razão, pois os únicos seres vivos que havia visto eram a velha, o ganso e o cão. Os seus serviçais domésticos, que também haviam se consultado com a velha senhora não relataram nenhum homem na tenda.

Logo após o café da manhã, Joana disse ao marido que gostaria de dar um passeio a cavalo pela fazenda e o convidou para ir com ela; o que, como previsto, foi recusado com uma desculpa inaudível.

- Oh, de casa, chamou Joana na entrada da tenda.

- Bom dia, Joana; é um grande prazer recebê-la. Desmonte e venha tomar um chá.

- Nossa! Como a senhora montou uma tenda como essa sozinha? É impressionante a beleza e harmonia da decoração.

- Segredos da idade. – Rebateu a Vovó, sorrindo e encerrando o assunto.

Depois de conversas sobre amenidades, sentindo-se confiante e desinibida na frente daquela mulher, que parecia muito com sua falecida avó, Joana desatou a chorar e, entre soluços, desfiar o seu rosário de tristezas, solidão e decepções com a vida de casada.

Não conseguia entender como o rapaz por quem tinha se apaixonado desde mocinha, tinha mudado tanto: de carinhoso para frio e distante; de alegre para taciturno e de boa pessoa e caridoso para indiferente e até mau.

- Vovó Gegê o que será que eu fiz de errado? Ele não me tem como esposa, faz uso das filhas dos colonos que emprega para serviços domésticos, uma mais jovem do que a outra, crianças ainda. Tenho pensado em me divorciar, mas me impedem os preceitos religiosos e o receio de que sua vingança possa afetar o futuro de minhas filhas. Estou desesperada, humilhada e sem saber que rumo dar a minha vida.

- Minha filha, não há o que fazer para remediar os feitos decorrentes do livre arbítrio. Seu marido é mau por decisão própria e já cruzou faz tempo a linha de não retorno. Ele guarda para si segredos terríveis e traçou conscientemente o seu próprio caminho. Apenas ele mesmo é quem poderia mudar o seu destino; se a isso se decidisse, o que parece improvável. Sossegue o seu espírito, cuide-se e de suas filhas, procure um bom advogado e peça o divórcio. Vocês estarão bem melhor sozinhas do que com ele; esteja certa disso.

Completou, em voz doce e definitiva.

- Deus a entende e não a culpa!

Sentindo-se aliviada com a credibilidade transmitida pela velha senhora, saiu da tenda com o coração leve, comprometendo-se a tomar uma decisão sobre a sua vida. Enquanto cavalgava de volta à sede da fazenda, ouvindo uma música suave que ecoava de todos os cantos, foi recordando toda a conversa e momentos com aquela bondosa senhora.

- Deus me entende e não me culpa! – Repetia para si mesmo.

De regresso à fazenda, informou seu marido da visita que fizera à senhora do ônibus, no platô, e que regressaria no dia seguinte ao Recife.

- Antônio, isso já foi longe demais. Preciso saber se você vai ou não voltar a ser o que foi no passado, um marido e pai amoroso?

- Tenha uma boa viagem, mulher. – Foi o máximo que o Coronel disse.

De volta ao Recife, uma resoluta Joana entrou em um conhecido escritório de advocacia e deu entrada no pedido de divórcio. Conforme lhe orientara a Vovó Gegê, requeria para si e suas filhas a metade dos bens do casal, mas sem incluir a fazenda.

Ao ser convocado pela Justiça a se manifestar, o Coronel teve um acesso de raiva e fúria incontidas. Não lhe importava a separação, mas não admitia que fosse requerida pela Joana. Ele que deveria tê-la expulsado de sua vida: aquela cadela.

Consultados, os seus advogados o aconselharam a evitar o litígio, pois isso poderia fazer com que o Juiz incluísse a fazenda e outras propriedades não citadas no acervo dos bens a serem divididos. Dessa forma, com a aquiescência das partes, o processo de divórcio foi concluído em tempo recorde.

Em Brasília, o Procurador Geral da República era informado por sua secretária que ele havia recebido uma carta cujo remetente era uma tal de Vovó Gegê.

- O senhor quer que eu abra e responda a carta?

- De forma alguma, é de uma amiga querida. – Contestou com um largo sorriso.

Entrementes, na Fazenda Jacutinga, dois sentimentos antagônicos ocupavam a mente dos seus habitantes. Enquanto os empregados viam na Vovó Gegê uma dádiva dos céus; o Coronel já não a considerava inofensiva. Para ele, a nefasta influência daquela velha virara a cabeça da Joana e poderia subverter a relação patrão e empregado.

- Jacinto, diga àquela velha maldita que eu a quero fora da fazenda até amanhã cedo.

O fiel capataz dirigiu-se à tenda e foi recebido à porta pela Vovó Gegê, acompanhada de perto pelo cão e o ganso.

- Bom dia, senhor Jacinto; o que o traz aqui?

- O Coronel mandou a senhora deixar a fazenda imediatamente.

- Ah, entendi. Diga a ele que sairei assim que tudo estiver resolvido.

Furioso com a resposta, Jacinto fez menção de agredir a velha senhora com seu chicote, porém, deteve o impulso ao perceber a postura agressiva do cão e do ganso, que, por um instante, lhe pareceram muito maiores.

Ao se retirar, notou o canteiro à entrada da tenda, com várias flores e isso o deixou mais cabreiro do que o desrespeito às ordens do patrão.

- Como poderia nascer qualquer coisa, naquela terra seca esquecida de Deus? – Pensou.

O Coronel, irritado com a recusa da velha, mas, na mesma intensidade, curioso com a possibilidade de haver um canteiro de flores naquela área, resolveu ele mesmo ir até lá para ver com seus próprios olhos.

- Bom dia, Coronel Azevedo. Seja bem-vindo.

Sem responder, apeou do seu cavalo e passou a observar o jardim, remexendo na terra com suas mãos nuas, sentindo-a úmida.

- Quer conhecer o pomar?

- Pomar?

- Venha até os fundos da tenda.

Maravilhado com o potencial daquelas terras, nunca antes suspeitado, sem sequer responder ao convite da anfitriã para tomar um refresco, montou no cavalo e partiu a todo galope. Tinha uma ideia fixa na sua cabeça. De sua casa, entrou em seu carro importado e deixou a fazenda, sem dizer aonde ia e quando voltaria.

Enquanto esteve fora, a Vovó Gegê recebeu a visita do Pedrinho a quem mostrou o jardim e o pomar. Ele, mesmo sendo ainda uma criança, entendeu o significado do fato. Sem proferir uma palavra, saiu correndo para contar a novidade ao seu pai e mãe.

Chegou ao povoado esbaforido e gritando o que viu. Aquele povo sofrido que rezava diariamente por um milagre, já impressionado pelas curas daquela senhora, partiu em direção à sua tenda. Debalde os protestos e ameaças do Jacinto, foram todos, homens, mulheres e crianças ver com seus olhos o que poderia ser a salvação de seus corpos e almas.

A velha senhora, sempre acompanhada dos seus fiéis amigos (Mon Ami e Amico Mio) os recebeu com uma mesa repleta de sucos e iguarias. Mostrou e explicou detalhadamente como fora feita a plantação. Ficaram mais surpresos ainda, quando ela lhes mostrou um poço artesiano que havia furado, do qual jorrava água cristalina.

- Este solo é de terra rocha, o mais fértil do Brasil. Só precisava haver água e ela está aí para ser usada. Mas lembrem-se, é preciso revirar o solo em cinquenta centímetros de profundidade para que a umidade aflore.

Naquela noite, ninguém conseguiu dormir. Todos sonhavam acordados e faziam planos mentais: plantar feijão, criar gado, construir uma casa, cultivar frutas etc. No dia seguinte, a indolência deu lugar ao entusiasmo e o trabalho na fazenda foi feito ainda mais rápido. Antes do meio-dia, as famílias, cada uma no seu lote, já se preparavam para arar a terra, quando a Vovó interveio.

- Sugiro que concentrem seus esforços em uma área de cada vez, de forma a poderem semear e colher mais cedo.

Ninguém contestou e trabalharam juntos no afã de revolver o máximo possível do solo na área do platô, no tempo que dispunham.

No dia seguinte, enquanto os homens cumpriam seus deveres na fazenda, pela manhã, as mulheres fizeram a semeadura, com as sementes de milho oferecidas pela Vovó. Esse processo se repetiu por vários dias, com os homens e mulheres cada vez mais motivados.

Ao retornar à fazenda, acompanhado de advogados, funcionários públicos, agentes bancários e tabeliães, o Coronel convocou uma reunião geral com os seus parceiros da Cooperativa. Apresentou sua 'generosa' proposta de reaquisição dos lotes do platô. Ordenou, como da última vez, que fossem um a um assinar as escrituras; todavia, teve a grande surpresa de ver que não se mexiam.

- Andem lá! O que está havendo? Estão me desaforando? Sabem o que pode acontecer? – Ameaçou o Coronel.

Como todos permaneciam imóveis e de cabeça baixa, José Francisco se adiantou.

- Meu patrão, a terra é boa e já começamos a arar e plantar. Agradecemos muito a sua bondade, mas não queremos vender.

Em um ataque de fúria, praguejando, o Coronel sacou sua arma e apontou para a cabeça do José e atirou. Só não o assassinou porque um dos advogados presentes, por puro reflexo, desviou a sua mão. Enquanto, se perdia na sua raiva incontida e gritava impropérios sem sentido, os empregados silenciosamente deixaram o recinto, exceto José que, altivo e sereno, permaneceu imóvel e olhando fixamente nos olhos do tresloucado patrão. Deixou a sala por último e caminhou devagar para sua humilde casa.

Foi essa a primeira vez que o poderoso Coronel Azevedo fora contrariado pelos "seus lacaios". Tal infâmia e ofensa nunca havia ocorrido antes na história da fazenda e o fazia se sentir humilhado e desejoso de revanche. Agravava-se a ocorrência pelo fato de a afronta ter sido feita por José.

- Deixei que vivesse e é assim que me paga, aquele bastado. Ele e os outros vão se arrepender pelo resto de suas vidas. – Balbuciava.

No instante em que os assessores deixaram a fazenda, o Coronel mandou Jacinto convocar os capangas da redondeza, de forma a estarem prontos para sair em missão, no início da noite.

- Patrão, o pessoal está à sua espera na frente da casa, conforme mandou. O seu cavalo já está selado – Alertou Jacinto.

- Bom! Primeiro, vamos acabar com a vida daquele safado do José e as da sua mulher e filho; depois vamos dar um trato na velha bruxa.

Cercaram o humilde casebre e gritaram para que José aparecesse. Como não houve resposta, jogaram gasolina por todos os lados e incendiaram a casa.

- Ninguém sai vivo. – Gritava ensandecido o Coronel.

Como foi constatado que não havia ninguém na casa, interrogado com violência, um vizinho informou que a senhora Gegê viera buscá-los com seu ônibus, fazia menos de trinta minutos.

Mais e mais enfurecido, direcionou a sua cólera para a velha senhora. A galope, os "homens-lobos" foram para o platô, com gosto de sangue na boca, onde tudo seria resolvido.

Noite de lua cheia, podia se ver do povoado a silhueta dos homens cavalgando em fila indiana no caminho serpenteado para o platô. A uma certa distância da tenda, com exceção do que ia à frente, os demais cavalos estancaram, empinaram, corcovearam e retornaram em desabalada corrida, alguns já sem seus cavaleiros.

O Coronel, cego pelo ódio e sem perceber o que ocorria, apeou do cavalo, antes mesmo que parasse, e entrou correndo na tenda, com sua arma em punho, determinado a matar a velha bruxa. No entanto, o que deparou o deixou perplexo.

Em um passe de mágica, viu-se novamente vivendo o trágico momento em que seus pais morreram. Assistia de fora a trágica cena que vivera, como se fosse ator e expectador ao mesmo tempo..

Lá estavam reunidos seu pai, sua mãe e ele próprio:

- *"Meu filho, eu e seu pai amamos muito um ao outro e sempre nos respeitamos. Como eu não poderia lhe dar um herdeiro, concordamos que ele deveria gerar um de seu próprio sangue, com outra mulher. Selecionamos juntos uma das nossas empregadas, a mais bonita e saudável, e a contratamos para nos dar um filho. Tudo correu bem, apenas que, em vez de um, a mulher pariu gêmeos. Escolhemos uma criança e a deixamos com a outra. A mulher, sua mãe biológica, foi paga como combinado e nunca mais soubemos dela. Nos arrependemos de imediato e quisemos ficar com ambos os bebês, mas não conseguimos mais localizar a mãe. Há poucos dias, recebemos uma carta dela, contendo informações sobre o paradeiro da outra criança."*

- *"Toninho, sabe a linda mulher do José Francisco, a Giselda? Ela é sua irmã e vamos reconhecê-la como filha. Isso não é maravilhoso, ela estava aqui o tempo todo e não sabíamos? Se não fosse uma foto do seu casamento com o José, que veio com a carta, nunca saberíamos. Fizemos uma investigação minuciosa e constatamos que ela é mesmo a sua irmã. Lamentavelmente, a sua mãe biológica já havia falecido". – Completou seu pai.*

- *"Aguardamos o seu regresso de viagem para trazer a família do José Francisco para morar com a gente e reconhecer formalmente a Giselda como nossa filha e o Pedrinho, aquele menino lindo, como nosso neto. Não é fantástico, meu filho? Estamos tão felizes". – Falou sua mãe, com lágrimas de felicidade.*

- *"Vou ter que dividir tudo com ela, até a fazenda, não é?" – Ouviu-se respondendo.*

- *"Sim, meu filho querido, ela é nossa filha e sua irmã". - Respondeu o pai,*

Incontinente, viu-se tomado pela fúria da ganância, sacar do revólver e atirar no peito de sua mãe e na cabeça de seu pai.

- *"Não vou dividir nada com ninguém, ouviram seus velhos caducos". –* Gritou alucinado.

Quando voltou a si, encontrou-se cercado por pessoas vestidas de preto, com capuzes que deixavam apenas os olhos de fora e fortemente armados, apontando-lhe suas armas e prontos para disparar. Sozinho, sem seus capangas, sentiu a morte próxima e acovardou-se.

- Por favor, não me matem. Tenho mulher e filhas. - Implorava, de joelhos e chorando convulsivamente.

Nos próximos dias, uma equipe de procuradores, policiais e auditores da receita federal procederam uma investigação rigorosa sobre os atos do Coronel Azevedo, ouvindo testemunhas e periciando documentos.

Confrontado pelas provas irrefutáveis, o Coronel Azevedo confessou todos os seus crimes perante um juiz federal e foi condenado a uma longa pena de prisão. Também foram processados e presos o poderoso Dr. Moreirinha e seus comparsas, inclusive o Arnaldo. O Jacinto e os demais capangas conseguiram fugir da fazenda, mas foram capturados em pouco tempo e igualmente condenados.

Os recursos expropriados dos bancos oficiais e do tesouro nacional foram integralmente restituídos, por meio do sequestro de contas bancárias e vendas de imóveis dos envolvidos. A Fazenda Jacutinga, contudo foi preservada e destinada como parte legítima à Giselda, que teve sua filiação reconhecida pela justiça, conforme evidências incontestáveis descobertas na investigação.

Uma certa manhã, ao raiar do sol, a Vovó Gegê e seus inseparáveis amigos já não se encontravam no platô. A tristeza, invadiu o coração de todos, mas com o tempo, foi se transformando em saudades.

Depois de alguns dias, cada um dos moradores da Cooperativa recebeu uma cartinha da Vovó Gegê, agradecendo a oportunidade de terem permitido que ela fizesse o bem e pedindo para que atendessem o seu chamado, caso um dia alguém precisasse de ajuda.

Pedrinho recebeu a sua carta e correu a abraçar sua mãe.

- A Vovó disse que vai precisar de mim, quando eu for médico.

- ✓ Quando as cartas da Vovó Gegê chegaram, já estava tudo em paz na Fazenda Jacutinga, ou melhor, na Cooperativa Jacutinga, e em curso os projetos de construção de novas moradias, da escola, do posto médico e de outras benfeitorias. Dizem que se tornou a mais próspera e feliz de todo o Nordeste do país.

- ✓ Foram sugeridas muitas hipóteses sobre quem seria aquela querida senhora - a Vovó Gegê. Pedrinho disse que ela era a representante de Deus na Terra e que o Mon Ami e o Amico Mio eram seus Anjos da Guarda. Outros, que ela seria fada, santa, bruxa do bem, nossa senhora reencarnada etc. Sem lograr desvendar o mistério, homenagearam-na dando seu nome ao vilarejo: Vovó Gegê, Santa da Jacutinga.

- ✓ Continuaram com a rotina de se encontrarem nas noites de sábado, mas agora para agradecer a Deus pelo tão desejado milagre e conversar sobre empreendimentos e planos para o futuro dos filhos.

A Terra em Perigo

Sem que ninguém desse conta do enorme risco que a humanidade corria, um Planeta distante, bem mais evoluído do que o nosso, havia declarado guerra à Terra.

São tantos os meteoros circulando livremente pelo espaço que, vez ou outra, um deles não é totalmente destruído pela colisão com a atmosfera do nosso Planeta e atinge a superfície, com inevitáveis riscos de morte e destruição. Além disso, os cientistas não descartam a possibilidade de colisões de asteroides maiores, que podem atingir ou ultrapassar as dimensões de Chicxulub, aquele que há sessenta e seis milhões de anos acabou com a vida dos dinossauros na Terra.

No entanto, existe outra possibilidade vinda do espaço sideral que também pode causar danos irreparáveis à humanidade. Estas são civilizações alienígenas com ou sem semelhança com os humanos que habitam planetas desconhecidos localizados muito longe na vastidão do espaço sideral. Afiguram-se muito mais desenvolvidos e militarmente poderosos do que nós, e que, em legítima defesa ou simplesmente por ambição excessiva, podem eventualmente decidir destruir ou conquistar o nosso Planeta.

Estudiosos afirmam que as evidências da existência e do poder de pelo menos uma dessas civilizações estão nos diversos objetos voadores não identificados, os populares Discos Voadores, observados de tempos em tempos e em diferentes lugares, cruzando nosso espaço aéreo. O fabuloso desempenho dessas espaçonaves indica o domínio de tecnologias tão avançadas que nem sequer foram imaginadas por nossos melhores cientistas.

Em 1975, um planeta distante, com condições de vida semelhantes às nossas, mas muito mais desenvolvido, sofreu um pequeno mas eficaz ataque nuclear proveniente da Terra. Suas Autoridades propuseram uma retaliação exemplar e ações militares preventivas. Focado nos riscos de uma guerra nuclear internas e de doenças pandêmicas, ninguém em nosso Planeta poderia sequer imaginar o terrível perigo prestes a vir do céu e capaz de exterminar toda a raça humana.

Desde o primeiro teste de explosão nuclear (Experiência Trinity), realizado pelos Estados Unidos, em 16 de julho de 1945, mais de duas mil detonações se seguiram. Cada uma e o somatório delas causaram danos ao meio ambiente, cuja recuperação dos seus efeitos radioativos levará anos para ser obtida.

Atualmente, a despeito da adesão quase unânime dos países ao Tratado de Não Proliferação de Armas Nucleares (TNP), ainda existem um número superior a dezessete mil ogivas nucleares no mundo. Dessas, cerca de cinco mil estão em perfeita condições de emprego, que, se detonadas, poderiam aniquilar completamente a vida no Planeta.

A simples existência desse extraordinário arsenal nuclear constitui a mais aterrorizante ameaça de autodestruição da Terra, de todos os tempos. Mesmo sem garantias reais, a esperança de que essas armas nunca sejam usadas reside no seu potencial de mútua destruição assegurada e no bom senso dos governantes dos países potências nucleares.

Entretanto, embora ninguém no mundo tivesse a menor suspeita de sua existência, outra ameaça tão ou mais apavorante quanto e sem qualquer possibilidade de salvaguarda, estava em curso.

As duas únicas ocasiões que armas nucleares foram empregadas, nas cidades japonesas de Hiroshima e Nagasaki, durante a Segunda Grande Guerra, resultaram na morte indiscriminada de mais de duzentas mil pessoas (idosos, adultos, crianças), de imediato, em decorrência do impacto da detonação ou, ao longo do tempo, pelo efeito retardado da radiação nuclear. Os horrores e suplícios causados pelas explosões sensibilizaram toda a sociedade mundial, gerando um sentimento globalizado de rejeição ao emprego de tais armas, o que perdura até hoje.

Não obstante, todas as pesarosas e nefastas consequências dos ataques nucleares ao Japão, um efeito, não previsto e imperceptível ao nível científico e tecnológico à época e até os dias de hoje não alcançado, entrou em curso.

A detonação da segunda bomba, em Nagasaki, localizada a uma relativamente curta distância de Hiroshima (326 km), com maior potência e de composição de plutônio (em substituição ao urânio usado na bomba lançada em Hiroshima), teve o efeito especial de provocar o impacto de suas partículas radioativas com as da primeira explosão, que pairavam na atmosfera. Tal choque, à velocidade próxima da luz, criou um efeito surpreendente e sem explicações científicas: um feixe concentrado de onda eletromagnética radioativa foi expelido em direção ao espaço sideral. De forma figurativa, a cena poderia ser descrita como um canhão invisível disparando energia radioativa para o céu.

Mais ainda do que isso. Se fosse possível estar presente e assistir ao fenômeno, Peter Ware Higgs (Prêmio Nobel de Física, em 2010) poderia ver comprovada, no mundo real, a sua teoria do "Boson de Higgs"; em síntese, a existência de partículas capazes de se agregarem e criarem massa.

Esse extraordinário feixe eletromagnético viajou pelo espaço, na velocidade da luz, por mais ou menos trinta anos, percorrendo cerca de 283.830.000.000.000 km, gradativamente agregando relativa massa radioativa, até se chocar com a atmosfera de um planeta fora da Via Láctea, explodindo ao contato com a sua atmosfera, como se uma bomba atômica fosse. Nenhum dano foi provocado ao seu eco sistema ou aos seus seres vivos, mas não deixou de ser notado e de constituir motivo de preocupação de seus cientistas e dirigentes.

Esse desconhecido planeta, de dimensões e massa muito superiores às da Terra, possuía condições de vida evolutiva bem similares às nossas. Seus seres vivos inteligentes e dominantes apresentavam características físicas semelhantes às da raça humana. Divididos em homens e mulheres, tinham como única distinção física o fato de possuírem idêntica cor de pele (tipo de bronzeado), cor dos olhos castanho-azuladas e cabelos cor de mel escuros ondulados, resultado de milhões de anos de miscigenação das raças originais. No mais, poderiam se misturar com o povo daqui, sem causar estranhezas.

A diferença significativa, no entanto, estava no nível médio de desenvolvimento do cérebro. Sendo uma civilização bem mais antiga, evolveram de tal forma que o percentual de uso do potencial da mente havia atingido níveis elevadíssimos, em relação ao nosso.

Possuidores de tecnologia muitíssimo mais avançada do que a nossa, já haviam enviado diversas expedições exploratórias à Terra, quando colheram informações sobre a nossa atmosfera, composição do solo, distribuição demográfica, organização política etc.

Devido às guerras constantes que nos assolavam (e continuam) e epidemias, destruindo milhares de vidas em todo mundo, nos consideravam um povo imaturo, ou melhor, de bárbaros demais para o estabelecimento de relações entre as duas civilizações.

Em algumas poucas vezes, fizeram rápidos contatos e mostraram suas espaçonaves, como forma de nos alertar de que havia um poder superior em vigília. Detinham o mais elevado conhecimento sobre a vida na Terra possível de ser obtido à distância, pois consideravam muito arriscado a infiltração de agentes no seio de uma comunidade humana: temiam a violência e a contaminação por doenças desconhecidas.

Já tendo conhecimento da existência de extenso arsenal nuclear, preocupados com o que poderia acontecer com a Terra e com o seu planeta se eclodisse uma guerra global, uma hecatombe, pensavam seriamente em intrometer-se em nossas vidas, por meio de uma ação militar, de forma a restaurar ou reconstruir a civilização, nos moldes da que conheciam.

Em sua análise estratégica, consideraram as seguintes hipóteses.

a. Aniquilar quase a totalidade da raça humana, deixando que os poucos sobreviventes pudessem recomeçar a história; dessa vez, com a esperança de que a civilização pudesse se desenvolver em paz. No passado remoto, a Terra já havia sofrido um episódio semelhante, retratado como a Arca de Noé, lamentavelmente, sem qualquer resultado prático. Essa constatação pesava contra a aplicação desse doloroso remédio.

b. Invadir e ocupar militarmente a Terra e impor seu modo de vida à raça humana. A análise mais acurada mostrou que o emprego da força disponível, dotada de armas tecnologicamente muito superiores, não encontraria resistência. Não obstante, haveria uma grande dificuldade, ou até impossibilidade de os terráqueos assimilarem os seus princípios e culturas, devido ao seu relativamente baixo nível de inteligência. Essa situação poderia levar à escravização da raça humana, com o que não condescendiam desde há muitos séculos.

c. Aniquilar seletivamente algumas aglomerações de pessoas, ao redor do Planeta, de forma a criar um inimigo comum da humanidade e provocar um sentimento de unidade de toda a população em defesa da sobrevivência global. Sem saber de onde viriam ou de como conter os ataques, os terráqueos teriam que deixar de lado suas divergências e se unirem em favor de um bem comum. Esta foi a estratégia escolhida para conter a tendência de autodestruição da Terra.

Todavia, conscientes das consequências dos ataques, mormente em perda de vidas humanas, decidiram por obter mais dados sobre o nosso desenvolvimento sociocultural e avaliar o risco de autodestruição. A estratégia já fora escolhida, restando apenas a definição sobre quando colocá-la em execução.

Dessa forma, resolveram enviar uma excursão à Terra com a finalidade de obter indicações sobre as intenções belicosas das principais potências militares, especificamente aquelas com armamento nuclear. Pela primeira vez, o agente enviado estava autorizado a se imiscuir secretamente com a população, de maneira a obter dados sobre o desenvolvimento sociocultural, desde que portando os trajes especiais de proteção e no modo invisível.

Considerando o elevado risco de exposição à atmosfera terrestre, de reação violenta da população e de contaminação por doenças desconhecidas, fizeram um chamamento de voluntários para a missão. Dentre tantos capazes de atender aos requisitos da incumbência, a escolha recaiu em um jovem cientista, cuja curiosidade e desejo de aventura superavam em muito o medo do desconhecido.

Assim, uma moderna espaçonave, tripulada apenas pelo jovem voluntário, foi enviada à Terra, com a missão específica de obter o máximo possível de informações sobre as intenções de emprego de armas nucleares e o comportamento psicossocial da sociedade, ou seja, avaliar o nível de barbárie reinante. Em suma, dados que ajudassem na decisão sobre o momento de aplicação da intervenção de força (destruição seletiva de cidades) naquele Planeta (a nossa Terra). Medida julgada imprescindível para impedir que nos matássemos a todos e que de alguma forma causássemos dano ao seu mundo.

Como estória cobertura, para o caso de ser descoberto, o jovem imaginou fazer uso do nome de um pescador que fora salvo de morte certa em alto mar, em face de um momento de comiseração do comandante de um de suas espaçonaves. José Raimundo da Silva permanecera algum tempo isolado a bordo, tendo sido esta a primeira oportunidade de contato pessoal com um terráqueo. Este, levado de volta à comunidade em que residia, caiu na tentação de contar da sua experiência e foi motivo de preocupação dos familiares e de zombaria dos demais. Como insistia na veracidade da história e oferecia detalhes extravagantes, acabou sendo declarado insano e compulsoriamente aposentado. Passou a sua vida toda olhando para o céu na esperança de novo contato com os inusitados seres, a quem devia a própria vida e o descrédito de seus familiares e amigos.

Em 2010, o emissário extraterrestre despertou do estado de suspensão da vida, depois de uma viagem muito mais rápida do que o normal, pelo uso da tecnologia das dobras do espaço, mas que, mesmo assim, demorou cerca de dois anos. Imediatamente, deu início ao programa de pesquisa sobre as intenções belicosas dos dirigentes de potencias nucleares.

Assim, mantendo a nave no modo invisível, ancorou inicialmente sobre o Pentágono, nos Estados Unidos, e conheceu os planos detalhados de ataque nuclear maciço à Rússia, China, Coreia do Norte e outros países. Na Rússia, no Ministério da Defesa, em Moscou, avaliou os planos de ataques nucleares aos

Estados Unidos e países da Europa Ocidental. Na China, identificou intenções de destruição total do Japão e dos Estados Unidos. Em todos os demais centros de poder pesquisados, encontrou pretensões semelhantes.

Convencido da veracidade das intenções bélicas de emprego de ogivas nucleares, enviou seu primeiro relatório de missão.

- Todos os centros de poder investigados possuíam planejamentos detalhados de emprego de armamento nuclear contra seus potenciais inimigos. O que caracteriza a percepção do risco de seu uso a qualquer tempo é o fato de conterem em comum as seguintes características: necessidade de tomarem a iniciativa dos ataques e cálculos em que consideram significativas perdas, pela reação em contrário, como aceitáveis. A qualquer momento a autodestruição poderá ter início.

Para a segunda parte da missão, embora cientista, o espírito jovem prevaleceu e decidiu aportar no local mais encantador que pode observar do espaço: a Praia de Copacabana. Já tinha passado da meia-noite, quando ancorou a nave nas proximidades da Pedra do Leme, ativou o seu escudo de força e de invisibilidade e permaneceu aguardando o dia nascer.

Era o dia 12 de fevereiro, sábado de carnaval, e a manhã trouxe um sol radiante. Releu as instruções de contato e preparou-se para deixar a nave. Vestiu seu traje de caminhar no espaço, impermeável ao meio ambiente e dotado de seu próprio suprimento de ar, ativou seu dispositivo de invisibilidade e iniciou sua caminhada pioneira na Terra.

Mantendo-se invisível aos olhos humanos, caminhou livremente pela praia, divertindo-se com a facilidade de estar em um planeta com uma massa muito menor do que a do seu, o que lhe permitia saltos e acrobacias espetaculares. De um pulo, foi ao topo da Pedra do Leme, de outro, à cobertura do Copacabana Palace. Parava perto das pessoas que já invadiam a praia e os observava, ouvia as conversas e lia suas mentes. Notou que as crianças menores percebiam a sua presença e que até falavam com ele, mostravam seus brinquedos e riam juntos. Nos jovens, só percebeu uma sexualidade acentuada, mas sem qualquer sentimento de maldade. Em poucos casos, notou sentimentos de iniquidade, tendo interferido nas suas mentes e evitado os pequenos furtos que planejavam.

Tudo era novo e fascinante, entretanto, algo inusitado prendeu-lhe a atenção. Permaneceu longo tempo observando e analisando uma linda jovem com uma barriga protuberante, onde trazia um ser vivo. A sua primeira impressão foi de desgosto por ver um processo tão primitivo de fecundação e de geração interna de reprodução humana. No seu planeta, essa prática havia sido substituída pela geração independente e externa há milhares de anos.

Depois, ao desvendar os sentimentos da jovem futura mãe, identificou um profundo laço sentimental entre ela e o bebê ainda não nascido. Essa forte ligação emotiva foi também encontrada na forma em que todas as mães cuidavam de seus filhos na praia, muito diferente do modo em que fora criado por seus pais designados.

Aprofundou-se na pesquisa e surpreendeu-se novamente, agora com a forma carnal de concepção de novas vidas. Havia um forte amalgama sentimental que precedia e sedimentava a relação sexual entre um homem e uma mulher; muitas das quais perduravam por toda a vida. Homens e mulheres viviam sob o mesmo teto, dormiam na mesma cama, compartilhavam ideais e sonhos e juntos cuidavam dos filhos, de quem se sentiam responsáveis para sempre.

Não conseguiu conter o sentimento de ciúmes e nostalgia por não ter tido a oportunidade de desfrutar do amor de mãe e pai. Pela primeira vez em sua vida, sentiu um aperto no peito, soluçou instintivamente e as lágrimas correram incontidas pelos seus olhos. Assustado, imaginando ter sido contaminado por algum vírus desconhecido, retornou imediatamente à nave e aplicou-se um exame fisiológico, porém, sem qualquer indicação de risco ou dano físico.

Pesquisou na biblioteca virtual o significado do fenômeno social que havia presenciado, mas nada identificou que se parecesse, mesmo que remotamente, com o que havia conhecido. O conceito de família há muito fora abandonado ou jamais existira em seu planeta. Não lhe saía da cabeça a vinculação emocional entre os membros da família terrestre, impressionando-se com o sentimento de amor entre eles e do seu papel de célula básica da sociedade.

Sentiu a melancolia invadir sua alma e uma frustração atemporal de não ter tido uma vida na companhia de pessoas que ele amasse e que lhe amassem incondicionalmente: ter um pai, uma mãe e irmãos. Neste aspecto, sem dúvidas, os terráqueos estavam à frente da sociedade de seu planeta.

No dia seguinte, dedicou-se a observar e estudar com mais afinco a vida familiar. Passou horas a fio observando as mães e pais cuidando e brincando com seus filhos, sempre com olhos iluminados pelo brilho do amor puro.

Enviou seu segundo relatório da missão.

- A sociedade é formada por grupos de homem, mulher e filhos desses, com fortes vínculos morais e emocionais entre seus membros. É algo que esquecemos, mas deveríamos reviver e, se necessário, aprender com os terráqueos.

Ao anoitecer, tornou-se visível e caminhou pelo calçadão, trajando sua roupa de viajante do espaço. Não houve qualquer estranheza por parte das pessoas com quem cruzava, nem mesmo quando anunciava que vinha de outro planeta. Pelo contrário, elas sorriam, cumprimentavam-no e elogiavam sua fantasia. Lia os pensamentos das pessoas e só ouvia elogios à criatividade e à sua beleza física: "ele ficou muito bem nessa fantasia", "é um gato" etc. Embora não entendesse o real significado das expressões, sabia que eram gentis e amistosas.

Passou por um grupo de carnavalescos, que cantavam e dançavam em um dos quiosques, e teve sua atenção focada em uma linda jovem, que requebrava de forma extremamente sensual, mostrando suas coxas roliças, cabelos castanhos lisos e longos e um sorriso brejeiro. Não conseguiu desviar lhe o olhar e pareceu-lhe que ela também não o perdia de vista. Com um sorriso largo, ela parecia chamar-lhe para entrar na roda, mas intimidado e inseguro, deixou-se ficar imóvel. Não entendia o que estava passando pela sua cabeça e isso lhe desafiou a lógica.

De volta à espaçonave, enviou a sua terceira mensagem, evitando tocar no assunto da mulher que o incomodara.

- Povo alegre e festivo. Invisível, confraternizei normalmente com as crianças menores. Visível, não causei estranheza e só recebi elogios.

No dia seguinte, repetiu os procedimentos. De dia, invisível, percorreu todo o litoral da cidade, tendo encontrado as mesmas respostas. À noite, visível e com sua veste de viajante do espaço, seguiu o grupo que havia visto na noite anterior, e foi parar na Avenida Sapucaí, no desfile das Escolas de Samba. De certa feita, seus olhos se encontraram com os da garota do dia anterior e ela abriu um sorriso maravilhoso que o deixou desconcertado. Leu os pensamentos de muitos dos assistentes e só encontrou alegria e exaltação. Entretanto, por mais que tentasse, não conseguiu fazer o mesmo com a jovem que lhe encantara e isso lhe causava um certo desconforto. Já era dia quando regressou à nave e redigiu a quarta mensagem.

- Multidão reunida para festejar e disputar qual a melhor música em ritmo contagiante e performance dos artistas (em grande número). Nenhum pensamento bélico identificado.

Nos dias seguintes, a rotina se repetiu com pequenas variantes, mas com mesmos resultados. Não reportou, mas continuou procurando e, invisível, acompanhando de perto aquela linda mulher. Havia uma mágica em andamento em seu coração que não sabia explicar.

Novamente, tentou com toda a sua força mental ler o pensamento da sua diva, sem sucesso. Questionou-se sobre o que estaria acontecendo e, de volta à espaçonave, fez uma pesquisa acurada nos seus arquivos, sem encontrar qualquer resposta.

Na Quarta-feira de Cinzas, dia 16, encontrou um ambiente completamente diferente e prosseguiu com suas pesquisas comportamentais de pessoas em situações diversas: algumas ainda em ritmo de festa e outras em movimento de e para o trabalho.

Na quinta-feira, antes de deixar a nave, verificou os dados colhidos sobre a atmosfera local e, concluindo que não lhe era hostil, decidiu, em um rompante, por contrariar as recomendações recebidas e deixar de usar seu traje espacial: queria participar mais intensamente da vida da Terra.

Sem possuir recursos em moeda local, furtivamente retirou um conjunto completo de vestimentas da época em uma loja de departamento, incluindo uma coleção de chapéus e bonés para esconder seus cabelos. Sabia que isso não era correto e tentou justificar seu ato com a máxima de que os fins justificam os meios. Sabia que estava errado e que o seu comportamento era o mesmo do de boa parte dos criminosos, cujas mentes havia explorado, e sentiu-se mal por isso.

Visível, passou a caminhar pelas ruas da cidade, ainda, sem ser notado. Intrigava-lhe o fato de não mais ter encontrado aquela mulher, de quem não conseguia esquecer.

Dois pivetes furtaram os pacotes de compras de uma senhora e saíram correndo, tendo, no entanto, sido contidos por sua intervenção mental. Retornaram e devolveram os produtos, sendo aplaudidos pelos transeuntes. Vários se ofereceram para lhes comprar um lanche ou lhes presentearam com roupas novas. Observou pessoas traficando e usando drogas, leu pensamentos criminosos, mas sempre em uma minoria e tratou de conhecer suas histórias de vida: surpreendeu-se e apiedou-se.

Invisível, visitou residências dos diversos níveis sociais. Na grande maioria delas só encontrou harmonia e irmandade. Pessoas que se amavam, que se preocupavam umas com as outras e que visavam o futuro dos filhos e que se sentiam desesperados em situações de dificuldades para realizar seus sonhos. Só queriam viver em paz e deixar que outros vivessem. Em poucas, identificou ambições sem limites e sem respaldos no trabalho: pessoas que buscavam formas de burlar a lei e prejudicar outros em seu benefício próprio. Essas, não obstante, mantinham intacto o sentimento e os laços familiares.

Acompanhou de perto uma operação policial em uma grande favela e constatou que uma escassa minoria estava envolvida com atividades criminosas e violentas. A maioria esmagadora era de pessoas boas e honestas que se sentiam acuadas pela violência de poucos.

A mensagem daquele dia refletiu os seus sentimentos.

- Por natureza, não há maldade intrínseca na gente comum; as condições de vida é que despertam e alimentam o lado sombrio das pessoas.

Depois de vários dias, em que mais se divertia e aprendia sobre a língua e os costumes, do que pesquisava, decidiu colocar o plano que lhe fora traçado em ação: obter informações sobre comportamentos e ações nefastas à convivência social entre os povos. Assim, iniciou sua viagem pelo país, colhendo dados.

Foi à Brasília e, durante vários dias, percorreu os principais corredores dos três poderes da República, analisando a vida de agentes públicos e privados. Na maior parte dos agentes públicos, identificou ambições de poder e pensamentos políticos divergentes, mas que balizavam seu comportamento por ideais. Em uma minoria, intenções que privilegiavam os seus interesses pessoais aos públicos, em diferentes níveis de perversão, a despeito de qualquer consideração ética ou legal.

Não obstante, não identificou, em nenhum momento, qualquer motivação beligerante que pudesse comprometer a paz mundial. Na cúpula militar, encontrou apenas e tão somente um pensamento unificado de defesa do Território e do seu povo; nada que sugerisse um movimento de conquista ou sentimento de ódio arraigado.

Uma nova mensagem resumia as suas impressões.

- Como amostragem, dediquei minha atenção a um país denominado Brasil, no qual identifiquei uma minoria atuante de pessoas sem ética, que buscam agir no anonimato e que causam grandes males à sociedade. Não obstante, a maioria do povo e dos governantes, embora com pequenas falhas de caráter, preservam e priorizam o bem da coletividade. Em todos os casos, não constatei qualquer tendência individual ou coletiva à guerra contra outros povos. Regressarei em pouco tempo.

À noite, no voo de regresso ao Rio de Janeiro, na indisfarçável esperança de rever a mulher que havia tocado o seu coração, avistou ao longe a formidável iluminação da cidade de São Paulo e se dirigiu para lá. Curioso, aportou sua nave na cobertura do Estádio do Pacaembu, quando estava em andamento o clássico entre Palmeiras e São Paulo. Misturou-se com ambas as torcidas e sentiu um elevado nível de fanatismo. Almejavam a vitória de seus times, mesmo que não fosse merecida: não importava como. Uma pequena parte das pessoas se envolvia de tal forma que esquecia tratar-se apenas de um jogo e desejava que os rivais sofressem. Não entendeu bem o significado desse fanatismo, mas sabia que não trazia qualquer risco ao futuro da humanidade.

No intervalo do jogo, foi até o vestiário do São Paulo e vestiu uma das camisas de reserva. Fez-se visível e adentrou novamente no estádio, apenas que no setor da torcida do Palmeiras, que, naquele instante, estava sendo derrotado por dois gols. Fez-se um silêncio sepulcral na arquibancada e a televisão focou no são-paulino atrevido, esperando o pior. Notando o desconforto e agressividade dos mais exaltados, preparava-se para intervir na mente dos potenciais agressores, quando sentiu um abraço protetor de um dos torcedores.

– Deixem-no comigo. O Bambi (forma pejorativa de designar um torcedor do São Paulo) não sabe de nada; não fez por mal, o coitado entrou errado.

Naquele instante, por um acaso do destino, o Palmeiras fez o seu primeiro gol. Os torcedores da fanática Mancha Verde, que se preparavam para atacar o intruso, celebraram a sorte com ele. A televisão apresentou a cena de confraternização entre torcedores de diferentes times como um momento de civilidade. Exemplo a ser seguido por todas as torcidas do mundo.

Ao longo do segundo tempo, mais dois gols foram marcados, decretando a vitória de virada do Palmeiras. O Bambi alienígena, agora elegido o mascote da torcida Mancha Verde, foi carregado e deixou-se levar em triunfo após o jogo, até um boteco onde participou da bebedeira generalizada. Experimentou diversos tipos de cachaça e acabou perdendo a consciência, com a cara mergulhada em um prato de batata-frita.

No dia seguinte, ademais da enorme dor de cabeça da ressaca, viu-se, ao acordar, dentro de um quarto todo enfeitado com figuras verdes e brancas: bandeiras, flâmulas, desenhos, camisas, bolas autografadas e fotos, tudo relacionado ao Palmeiras. Já não vestia a camisa do São Paulo, mas uma do Palmeiras, com o número 10 e nome Ademir da Guia. Ao sair do quarto, foi recebido com uma algazarra da família, todos cantando "Porcoooo Campeão".

- Rapaz, sou Adriana Giacomini, mãe daquele moleque irresponsável (apontou para um dos seus filhos) que lhe embebedou, mas Graças a Deus, o trouxe para casa, o Luiz Mário. Os demais são o meu marido Giuzeppe, minha filhinha caçula Ana Carolina, um bebê, todavia, minha nora Flávia e meus doces netos, Joana e Armando. O meu outro filho, Francisco José está na Itália trabalhando; não é um vagabundo como este aqui (apontando novamente para o Luiz Mário). Ainda, vai chegar hoje a minha princesa, Marcella.

- Meu nome é José Raimundo da Silva. Muito obrigado pela acolhida. Não sou daqui e não sei bem como as coisas funcionam, por isso, minhas desculpas pela inconveniência que lhes causo.

- Que não é daqui, dá para perceber. Você só pode ser de outro mundo para entrar na nossa torcida com a camisa de Bambi. – Disse Luiz Mário, abraçando-o e conduzindo-o à mesa do café da manhã.

Alegando desconforto estomacal devido à noitada, rejeitou o café da manhã, ingeriu uma cápsula de alimentação que trazia no bolso e tentou se desvencilhar e retornar para a sua nave, mas foi convencido a permanecer até o almoço e provar a macarronada de domingo da Mama.

Saiu com o Luiz Mário para bater uma bola com os amigos, em um terreno baldio próximo. Não tinha qualquer habilidade, mas devido à diferença da gravidade, mesmo tomando cuidado para não se mostrar diferente, era sempre o mais rápido dentre todos. Logo, recebeu vários apelidos, como "bambi alado", "pé de vento" e outros.

De retorno à casa, tomou banho e vestiu roupas emprestadas pelo Luiz Mário, a quem prometeu devolver em breve. Sem conseguir se desvencilhar e retornar à nave, apesar das suas várias alegações, encontrava-se na sala de visitas, em companhia do Giuzeppe, recebendo um briefing sobre os vinhos da Itália, quando ouviu uma algazarra de felicidade na entrada da casa; uma confusão de palavras de saudação.

- É a Marcella – disse Giuzeppe, saindo apressado para receber sua filha.

Quando o grupo adentrou à sala, seus olhos encontraram os da filha saudada e o mundo, de repente, parou de girar. O tempo e o espaço pareciam não existir; o ambiente revolvia sem sentido. Perdeu o equilíbrio e teve que se apoiar em uma cadeira para não cair.

- José, essa é a minha filha Marcella. É médica no Rio de Janeiro.

- Marcella, esse é o José, um amigo do Luiz Mário.

- Já não nos encontramos? Você estava fantasiado de alienígena no carnaval do Rio; não é? É isso, é você mesmo. Que coincidência. Muito prazer.

A voz dela era pura música aos seus ouvidos, mas não conseguiu proferir palavra e apenas balançou a cabeça. Recobrado, tentou ler o pensamento da Marcella e mais uma vez não conseguiu. No da sua mãe, Adriana: "quem sabe, esse não é o cara que vai conquistar seu coração. Espero que não seja um pé rapado".

Toda a pressa de retornar à nave e prosseguir na sua missão esvaiu-se de vez. No almoço, quase sem tirar os olhos da recém-chegada, a qual o intrigava mais e mais, encantou-se com o comportamento descontraído e o ambiente de fraternidade reinante.

A felicidade tão somente por estarem juntos era celebrada e aflorava dos olhos de cada um. Falavam quase ao mesmo tempo, contavam estórias, riam e até se emocionavam quando alguém ausente era citado. Nunca havia vivenciado um momento como esse e, sem perceber, seus olhos se emudeceram, o que foi percebido pela Mama.

- José, conte um pouco de sua vida? De onde você é?

Fez-se silencio e todos, incluindo e em especial a Marcella, fixaram seus olhos no convidado do Luiz Mário. Surpreendido, embora tivesse preparado uma estória cobertura para situações como essa, decidiu por falar a verdade.

- Sou de um planeta distante da Terra, a cerca de 30 anos-luz. A minha missão é verificar se a humanidade merece ser preservada como é ou se precisará ser reciclada.

Depois de um momento de estarrecimento, iniciou-se uma gargalhada generalizada, quase incontida, liderada pelo Giuzeppe. Um brinde foi proposto ao alienígena.

- Sabia; tinha que ser um alienígena para entrar na área da Mancha Verde com a camisa de Bambi. – Acrescentou o Luiz Mário, levantando-se para abraçá-lo.

Provou pela primeira vez da comida da Terra e saciou-se a valer, repetiu o prato mais de uma vez. Nunca havia tocado em uma refeição tão saborosa! Agradeceu a gentileza da família, mais com o intenso brilho dos olhos úmidos do que com a voz.

- Nunca na minha vida tive um momento tão especial como esse.

- Pelo menos um de vocês apreciou a macarronada que fiz com tanto amor. – Disse a Mama, em tom de reprimenda aos seus, no que foi contestada, abraçada e beijada por todos.

Como acompanhou a refeição com uma boa dose do vinho oferecido pelo Giuzeppe, ao final do almoço, que durou mais de duas horas, saciado, recostou-se em um sofá da sala e caiu no sono. Quando acordou, já havia anoitecido, e pretendeu se despedir e deixar a casa, mas foi impedido pela Mama.

- Não é hora de sair sozinho, na rua. Amanhã cedo, é mais seguro.

Marcella surgiu trazendo dois pratos de pavê de amendoim, também especialidade da Mama e, juntos, foram saboreá-los no jardim da casa, embaixo de um grande pé de manga. Mais uma agradável surpresa para o paladar acostumado às rações preparadas conforme suas necessidades orgânicas.

- José, afinal de contas, você é de onde? Pelo nome, José Raimundo da Silva, parece ser do Nordeste, mas sua aparência e sotaque tendem mais para um europeu ou americano. – Indagou Marcella.

- Como disse, sou de um planeta distante. – Respondeu, mais uma vez contrariando as instruções recebidas.

Sentiu a incredulidade da Marcella e percebendo que ela se preparava para se retirar, irritada pelo que julgava uma troça, apressou-se.

- Eu posso provar...

- Deixa pra lá. – Retrucou ela, levantando-se para voltar à casa.

- Eu posso ler pensamentos, exceto os seus. – Sorriu acanhado.

- Ah, é! Então, o que a minha mãe está pensando? – Apontou para a Mama ao longe.

- Poderia ser o pensamento de outra pessoa? Do Luiz Mário? – Argumentou com tom de preocupação.

- Do Luiz Mário é fácil, quero saber o da minha mãe. Não adianta enrolar.

- Mesmo que não sejam notícias boas?

- Sabia que era conversa fiada. Ninguém consegue ler a mente de outra pessoa. – Respondeu com desdém.

- Amanhã, assim que todos forem embora, preciso levar o Giuzeppe ao ICESP.

- ICESP? O Instituto do Câncer?– Questionou com irritação.

- Bem! Não sei o que quer dizer, mas é relacionado ao Pâncreas do seu pai.

Sem mais uma palavra, Marcella foi ter com sua mãe e conversaram em voz baixa. Após alguns instantes de tensão, não contiveram a emoção, abraçaram-se e choraram juntas.

Depois de algum tempo, ela retornou com um olhar triste que lhe causou pena.

- Como você sabia disso? Minha mãe ou meu pai lhe contaram? Falaram com você e não comigo que sou filha e médica? – Começou a choramingar.

- Desculpe. Acho que não devia ter lido o pensamento dela.

- Pare com essa brincadeira de ser alienígena. Não tem graça nenhuma.

Não sabendo mais o que fazer, deu um salto até a copa da mangueira, colheu uma fruta, retornou vagarosamente à cadeira onde estava sentado, e a ofereceu a ela.

- Cara! Como você fez isso? – Sussurrou Marcella.

Perplexa, mas convencida, ela ouviu toda a história do, assim chamado, José Raimundo da Silva, que discorreu sobre os fatos sem que um só detalhe fosse omitido, deixando de lado tão somente a fascinação que ela lhe causava.

Passaram horas em perguntas e respostas, sendo que permanecia sua incapacidade de ler a mente daquela linda mulher. Não obstante, os olhos dela espelhavam um misto de curiosidade e deslumbramento que o encantava mais ainda.

Por várias vezes fez-se invisível e visível novamente. Deixou-se examinar clinicamente por ela, como médica, sentindo um arrepio eletrizante, sempre que era tocado: tudo normal, exceto pelas batidas do coração que aceleravam. Isso não passou despercebido da percepção de médica e de mulher da Marcella.

Curiosa e fascinada com o novo, ao mesmo tempo preocupada com os seus pais, precisava de tempo para digerir tudo isso.

- Vou permanecer aqui por mais alguns dias para apoiar meus pais. Você aceitaria me fazer companhia?

Temos muito que conversar. – Disse isso, segurando suas mãos.

- Sim, claro! – Respondeu instantaneamente, esquecendo totalmente de seu compromisso de retornar ao seu planeta.

Alguns dias se passaram: o Giuzeppe foi internado no hospital para exames e ele se entrosou mais e mais com a família Giacomini, participando dos seus momentos de angústia. Nesse tempo, o seu envolvimento com a Marcella aprofundou-se ao ponto de não retorno: ou se aceitavam como namorados ou se separavam definitivamente.

Ao retornar de uma das suas visitas ao pai, Marcella, chorando sem parar, disse que não havia cura; que só lhe restava vir para casa para morrer junto da família. Aproximou-se e abraçou ternamente o José, provocando nele um misto de sensação de enorme prazer e profunda pena.

À noite, no modo invisível, retornou à nave pela primeira vez desde que desembarcou no Pacaembu, onde encontrou centenas de mensagens em tom de preocupação com a sua segurança. Optou por não as responder, por enquanto. Apenas enviou uma mensagem sintética.

- Estou me aprofundando no conhecimento da índole das famílias, fator que considero fundamental para a conclusão da missão.

Movimentou a nave até as proximidades do lar dos Giacomini.

No dia seguinte, com o Giuzeppe já instalado em uma cama de hospital, aguardando o desfecho de sua vida, os amigos se revezavam na sua companhia. Francisco José, o filho mais velho, retornou às pressas da viagem à Itália e não largava as mãos do pai, segurando as lágrimas na sua presença.

José, que havia vivenciado os momentos de festa da família, agora, experimentava os de dor e sofrimento profundo. Unidos na alegria e na tristeza, pensou.

De madrugada, interferiu nas mentes de todos e os fez dormir pesadamente. Foi até o quarto do Giuzeppe, pegou-o no colo e se preparava para conduzi-lo à nave, quando foi interrompido pela Marcella. Havia se esquecido de que não tinha poderes sobre a mente dela.

Depois de muitas explicações, foram os três para a nave espacial, onde o José submeteu o paciente a diversos tratamentos com máquinas e sistemas nunca imaginados pela Marcella ou por qualquer outro ser humano.

- Não posso assegurar que trará resultados positivos para o seu pai, mas não poderia deixar a Terra sem tentar ajudá-lo.

Nos dias seguintes, o Giuzeppe apresentou melhoras significativas. Recobrou o apetite e o humor. Insistiu e acabou conseguindo deixar a cama e caminhou pelo jardim, cuidando dos canteiros, como sempre fazia.

Reexaminado pelos médicos do ICESP, constataram a sua completa recuperação. Apenas não souberam a que creditar tal fenômeno. Com exceção da Marcella, os familiares e amigos atribuíram o fato a um milagre dos diversos santos da devoção de cada um. O que não deixa de ser verdade, se considerarmos qual seria a probabilidade de ter um hóspede alienígena em casa, com sua nave ancorada acima? Todos, sem exceção, deram Graças a Deus.

Estavam conversando no jardim, de mãos dadas e sob o olhar casamenteiro da Mama, quando José lhe deu a terrível notícia.

- O Conselho Supremo determinou o início das destruições seletivas de cidades em países com planos de emprego de armas nucleares. Disseram que meus relatórios sobre as suas intenções belicosas foram determinantes para a decisão. Além disso, ordenaram o meu imediato retorno.

- Isso é terrível. Lá vivem pessoas como nós. Não pode acontecer. Você precisa fazer alguma coisa.

- Pedi mais tempo, reforcei os meus sentimentos sobre famílias e amor, mas não pude convencê-los. Sinto muito mesmo. – As lágrimas corriam por seus olhos que espelhavam tristeza sofrida.

Marcella, instintivamente e também chorando, abraçou e o beijou na boca. Não um beijo de irmãos, mas daqueles que expressam toda a paixão de uma alma. Foi longo e prazeroso. A saudade antecipada não permitia que se soltassem e assim permaneceram por longo tempo, sob o olhar de aprovação da Mama.

Entre respirações ofegantes, sem desgrudar seus lábios, ela repetia:

- Meu amor, não vá. Fique comigo.

- Querida, farei o possível para voltar. Eu prometo!

- Quando? Você pode jurar isso?

- Sinto muito. Perdão. Não tenho outra opção, senão seguir ordens.

Pensativo, sem dizer uma palavra, voltou a beijá-la com paixão e dirigiu-se a contragosto para a espaçonave, onde permaneceu.

Uma forte rajada de vento fez Marcella sentir o que ela mais temia agora, a decolagem da nave. Fixou os olhos no infinito e chorou copiosamente. Sua mãe veio até ela e a abraçou com ternura.

- Ele se foi Mama. O meu primeiro e único amor.

De repente, uma figura aparece atrás de Mama. Era José se fazendo visível, com um grande sorriso e olhos brilhando de felicidade.

Depois de beijos e abraços, nos quais a Mama recebeu seu quinhão, explicou o que havia feito.

- Acredito que meu planeta não deve atacar a Terra até que eu retorne. Então, informei que preciso de mais tempo para concluir os estudos e pesquisas necessários para chegar a um resultado inquestionável sobre o destino que a Terra merece. Portanto, permanecerei aqui por enquanto, prometendo ficar seguro e atualizá-los regularmente sobre minhas descobertas.

- José, quando você diz que eles não devem nos atacar, isso significa que ainda podem fazer isso mesmo com você aqui?

- Sim, se houver uso de arma nuclear.

- ✓ Após viajarem incógnitos em lua de mel pelos lugares mais lindos do mundo, usando a nave espacial, vivem felizes no bairro e já têm um lindo casal de gêmeos.

- ✓ Por insistência de Marcella, o casal tem repetido regularmente viagens na espaçonave, apenas para os lugares mais carentes do Planeta, ajudando os desesperados com seus conhecimentos de medicina, a capacidade mental de Jose e a tecnologia à sua disposição. .

- ✓ Além disso, José iniciou um programa de visitas regulares aos países mais belicosos, buscando convencer suas principais autoridades a evitar qualquer aventura de guerra atômica, incutindo em suas mentes o maior desejo possível de paz. Sem nenhuma intenção declarada de destruição mútua da humanidade, seus superiores elogiaram seu trabalho e permitiram que ele permanecesse mais tempo na Terra.

-.

Glorianna, Filha de Santa Tereza

Marta e Paulo Mariano, ela professora e ele comerciante, estavam casados há mais de dez anos e ainda não tinham conseguido gerar um herdeiro, malgrado todos os exames e tratamentos de fertilização que realizaram. Tantas foram as tentativas frustradas, que o casal já não mais acreditava na possibilidade de virem a ser abençoados com a graça da maternidade. Além do mais, ela já havia cruzado a idade de trinta anos e fora alertada por médicos e amigas do risco crescente para a mãe e o bebê de uma gravidez após essa idade.

Dessa forma, depois de intensa ponderação, decidiram pela adoção de uma criança, preferencialmente ainda bebê e com feições parecidas com as do casal, de forma que ela nunca suspeitasse que fora adotada. Eles a amariam como se gerada fosse de sua carne e sangue; juraram um ao outro. Assim, cheios de esperança e expectativa, abandonaram completamente os tratamentos (clínicos e até de mandingas) de fertilização e iniciaram a busca pela criança dos seus sonhos.

Alguns meses antes, a Madre Jacinta, Superiora do Convento Santa Tereza (Ordem do Carmo – Carmelitas Descalças) acalentava nos braços um bebê que fora deixado na porta do convento. Vinha com três envelopes, um lacrado, com observação para não ser aberto; outro com uma considerável quantia em Libras Esterlinas e o último, aberto, contendo a seguinte mensagem.

Santas Freiras da Ordem do Carmo,

Rio de Janeiro, 16 de junho de 1960.

Peço a Deus misericordioso que a minha linda filha, que entrego aos seus cuidados, possa, ainda nesta vida, perdoar sua mãe por este ato de desespero. Nunca a afastaria de meus braços e zelo se pudesse garantir sua segurança.

Ela se chama Glorianna M. R., é brasileira, nasceu no dia 30 de janeiro deste ano e seria educada nos ritos da religião católica, se comigo pudesse permanecer.

Por favor, não a deem para adoção e nem revelem a sua existência e identidade, cuidem dela como se fosse mais uma filha de Deus que o destino colocou sob seus cuidados. Tendo Santa Tereza como testemunha, juro por tudo o que é mais sagrado que só não voltarei para buscá-la se a morte me impedir.

Não obstante, se eu não retornar em dois anos, peço que abram o envelope lacrado que a esta acompanha e sigam as minhas instruções.

Que Deus as gratifique e abençoe por sua bondade.

Eternamente grata.

L.M.R.

Obs. Periodicamente, tratarei de enviar recursos para o custeio das despesas com a minha Glorianna.

Madre Jacinta leu várias vezes o texto e, mesmo não tendo a exata noção do que estava ocorrendo, o seu instinto de mulher e cristã lhe infundiu o receio de que a criança e a mãe corriam sérios riscos. Assim, preferiu fazer segredo sobre o seu conteúdo.

Escondeu as duas cartas junto aos seus pertences pessoais e enviou as libras esterlinas para a Irmã gestora, como se doação anônima fosse. Reuniu todas as freiras, apresentou Glorianna, a quem carinhosamente chamou de Glorinha, e pediu que cada uma e todas cuidassem dela como uma afilhada de Santa Tereza, até que sua mãe pudesse vir buscá-la.

A recém-nascida foi recebida com imensa alegria pelas irmãs; como se uma dádiva de Deus lhes fora concedida. Todas imediatamente a adotaram e passaram a cuidar dela como filha única de muitas mães.

Não obstante, Madre Jacinta convocou a noviça, Irmã Josepha, ao seu escritório e lhe atribuiu a missão de ser a responsável final pela criança. Ela deveria cuidar da alimentação, da higiene, da saúde, do bem-estar e da educação da Glorinha. Mesmo que outra irmã estivesse com a menina, ela deveria estar sempre alerta e prontamente atender a qualquer necessidade que surgisse.

Na dúvida se ela já teria sido ou não cristianizada, consultaram o Padre-Mestre do convento que recomendou que, pelo sim e pelo não, fosse batizada. Assim foi feito. A Certidão de Batismo foi redigida com os seguintes dados:

- Nome: Gloriana Filha de Santa Tereza.
- Madrinha: A Irmandade de Santa Tereza
- Pai e Mãe: Deus sabe.
- Nascimento: Rio de Janeiro, 30 de janeiro de 1960.

A Irmã Josepha, cujo nome significa "acréscimo do Senhor", fez jus ao seu adjetivo nominal, e passou a cuidar da Glorinha com extraordinário desvelo. Desempenhava seu dever de forma extremada e com muita alegria, não deixava nada ao acaso. À noite, rezava com ela em voz alta, contava estórias e cantava canções de ninar até que ela adormecesse. Dormia em um colchonete, ao lado da cama da menina, atenta a qualquer movimento, som ou mesmo um leve suspiro que ela emitisse. Quando por algum motivo se afastavam, no reencontro, seus olhos brilhavam intensamente. O amor já estava presente e uma forte ligação foi estabelecida entre elas, como se mãe e filha fossem.

Madre Jacinta, de idade avançada, já se preparava para se retirar dos afazeres de Superiora do Convento, quando sofreu um mal súbito e faleceu, antes de passar as informações sigilosas para sua sucessora. As cartas da mãe da Glorianna se perderam no meio dos documentos e recordações pessoais da Freira, que, um dia, fariam parte do acervo histórico da irmandade.

A nova Superiora, Madre Aparecida, que viera de outro convento da mesma ordem, julgava inapropriado criar aquela linda menina no claustro em que viviam. Desconfiava que as doações periódicas que recebia em moeda estrangeira, cujo remetente assinava L.M.R., poderiam ter alguma relação com a menina. Conversou com todas as freiras e pesquisou a documentação do convento, mas não encontrou qualquer fato que pudesse justificar essa inusitada situação. Comoveu-se, todavia, com a alegria que a criança trazia para todas as irmãs e com o amor que essas dedicavam a ela. Parecia até uma competição para ver quem mais amava e paparicava a Glorinha. Um ambiente de felicidade exteriorizada nunca visto em um mosteiro.

Sempre no dia dedicado a Santa Tereza de Jesus, 15 de outubro, o Cardeal do Rio de Janeiro rezava a missa no convento e ouvia as freiras em confissão.

Na sua pregação, recomendou do alto do púlpito que, para o bem da Glorinha, as irmãs deveriam permitir que ela vivesse a infância em um lar e em convivência com outras crianças. Não se poderia privá-la de direito tão fundamental: seria um pecado. Todas as irmãs entenderam perfeitamente que isso seria o melhor para ela, mas a despeito disso, uma tristeza coletiva assolou o cenóbio.

O choro contido saltava dos olhos úmidos e vermelhos, mal disfarçados por sorrisos constrangidos, que se aproximavam, uns após outros, para abraçar e beijar a menina. Havia uma certeza no ar, de que a intensa luz de alegria trazida por aquele pequeno ser poderia se desvanecer. Resignadas, rezavam para que Deus a fizesse feliz e a protegesse de todos os males da vida terrena.

A Irmã Josepha, inconsolável, antecipava a dor da separação e chorava sua tristeza pelos cantos do convento. Rezava para que Deus perdoasse o seu egoísmo por querê-la para si, mas se ela tivesse que partir que lhe fosse assegurada uma vida feliz, melhor do que ela teria sob a sua proteção.

Em conversa reservada com a Madre Aparecida, o Cardeal indicou o casal Marta e Paulo Mariano, católicos praticantes, de vida regrada, financeiramente estável e de excelente reputação na sociedade, como potenciais pais adotivos da criança.

O casal foi convidado para visitar o convento, onde foi detalhadamente sabatinado pela Madre Superiora. Iniciaram-se, então, uma série de contatos entre os potenciais adotantes e adotada, para ver se aflorava o sentimento mútuo de empatia.

Quando, pela primeira vez, Marta e Paulo viram Glorinha, encantaram-se com a beleza e doçura da menina. De cabelos pretos encaracolados, tez branca e olhos verdes que se assemelhavam a esmeraldas, não se parecia em nada com a filha que haviam imaginado; ela suplantava em todos os aspectos o que haviam desejado. Ficaram maravilhados com a possibilidade de, finalmente, virem a ser pais. Juraram por Deus e por tudo mais que fosse sagrado que, se lhes fosse dado essa dádiva divina, a amariam e cuidariam como filha legítima, por toda a vida.

Glorinha, por sua vez, a cada visita de Paulo e Marta, sentia-se mais à vontade e descontraída com a presença do casal; porém, sempre procurando a sua Irmã Josepha com os olhos.

Entrementes, o Padre-Mestre e funcionários da Arquidiocese fizeram uma rigorosa pesquisa sobre a vida pregressa e o comportamento religioso e social dos pretendentes, cujos resultados foram favoráveis.

Assim, cumpridas todas as exigências e ultrapassadas as ações de postergação urdidas pela Irmã Josepha, que não queria se separar da menina, Glorinha foi formalmente, segundo as regras da Igreja, declarada filha de Marta e Paulo Mariano, no dia 15 de fevereiro de 1961.

No momento da despedida, os corações de todas as suas mães adotivas do convento de Santa Tereza pesavam toneladas e se apertavam como nunca. Glorinha foi abraçada e beijada por cada uma das freiras, de tal forma que desfraldava inequivocamente o forte desejo de não a deixar partir. Deram-lhe muitas lembranças, todas feitas pelas suas próprias mãos: imagens de Santa Tereza, roupas, brinquedos, desenhos e outras.

Na iminência de deixar o convento, Glorinha, a seu turno, começou a chorar convulsivamente e agarrou-se às pernas da Irmã Josepha, que, por sua vez, chorava sofrido também. Foi doloroso para aquela "mãe" amorosa pegá-la no colo e entregá-la aos seus pais adotivos. Glorinha se foi nos braços do seu novo pai, olhando para traz e tentando com suas pequenas mãos alcançar aquela que entendia como mãe.

Daquele dia em diante, não houve oração que não fosse dedicada à proteção divina do anjo que havia trazido tanta luz e alegria àquelas mulheres, de cujas vidas pessoais abdicaram em favor da fé em Deus, altruísmo e continuidade da obra de Santa Tereza.

Os dois primeiros anos, no seu novo lar, foram maravilhosos. Paulo e Marta faziam o que podiam para conquistar o coração da menina. Tratavam-na com extremado carinho e atenção e as brincadeiras faziam parte do cotidiano. O pai e a mãe, orgulhosos, exibiam sua felicidade e apresentavam sua filha aos parentes e amigos. Tudo seguia como se Deus tivesse atendido as preces das irmãs do convento e traçado um roteiro de felicidade para a Glorinha.

Todavia, no início do ano de 1964, um fato inesperado mudou o rumo da história da família Mariano. Foi como um cataclismo na vida da Glorinha: Marta descobriu-se grávida. A partir daquele momento, as atenções e as demonstrações de carinho para a filha adotiva foram minguando.

Assim que o parto foi realizado com sucesso, nascidos gêmeos, um menino e uma menina, todas as atenções lhes foram consagradas. Glorinha ficara muito feliz com a chegada de seus irmãozinhos e jamais conseguiu entender a razão da brusca mudança de tratamento por parte de seus pais.

Mais do que simplesmente dedicar toda a atenção e carinho para os gêmeos, deixando a Glorinha em segundo plano, ela passou a ser motivo crescente de arrependimento do casal. "Não deviam tê-la adotado. A culpa foi do Cardeal que os induziu a isso. Se tivesse um jeito de voltar atrás..."

Aos poucos, os olhos da Glorinha foram mudando, já não espelhavam alegria, mas, tão somente, tristeza e solidão. Sempre que procurava sua mãe ou pai era imediatamente rechaçada. A situação chegou a tal ponto, que, depois de algum tempo, seu único refúgio era a companhia da empregada doméstica, Maria, que tinha muita pena dela. Em certo final de semana, Maria perguntou aos patrões se poderia levar a Glorinha para sua casa, o que foi prontamente aceito.

- Paulo, que bom que a Maria levou a menina. Bem que ela poderia ficar por lá!

- É verdade, Marta, não sei onde estávamos com a cabeça quando assumimos tal responsabilidade.

Na modesta casa da Maria, na Favela do Vidigal, a menina interagiu com outras crianças, brincou bastante e esqueceu um pouco suas agruras. A partir daí, Maria passou a levar a menina para sua casa em todos os finais de semana, para alívio dos seus pais adotivos.

Dois anos depois, Paula teve mais um filho e Glorinha passou cada vez mais a ser tratada como se uma serviçal fosse. Já com doze anos de idade, dormia no quarto da empregada, em uma edícula nos fundos do quintal, e tinha obrigações de cuidar de seus irmãos.

Enquanto os filhos legítimos estudavam em escolas particulares e dispunham de transporte para irem e virem; Glorinha frequentava uma escola pública, bem mais longe do que a dos seus irmãos e tinha que ir e voltar a pé. No entanto, seu desempenho escolar era classificado como brilhante por seus professores. O que era mais um motivo de despeito dos seus pais, que lhe davam cada vez mais tarefas, como se tal atitude pudesse impedi-la de se destacar frente aos irmãos.

De certa feita, Glorinha servia o almoço para os seus irmãos, quando, sem qualquer razão aparente, o gêmeo atirou-lhe um garfo que penetrou e se fixou entre seus olhos, por pouco não lhe causando um mal irreparável. Sangrando e chorando de susto e de dor, teve o garfo retirado de supetão por Marta, que, incontinenti, a repreendeu severamente, como se fosse dela a culpa.

- Mãe, está doendo muito, Eu não fiz nada.

- Deixe de ser fingida menina. Você não presta, vive provocando e desdenhando dos outros. É isso que acontece.

Quando Glorinha tentou argumentar, Marta a esbofeteou fortemente no rosto, fazendo com que ela caísse pesadamente no chão da copa.

- Vá para seu quarto e fique lá de castigo.

Há alguns quilômetros de distância, a Irmã Josepha como que sentiu a bofetada em seu próprio rosto. Imediatamente, procurou a Madre Superiora para mais uma vez recitar a sua ladainha de que sentia o sofrimento da sua "filha". Dessa vez, não aceitou um não como resposta e não arredou pé do gabinete.

- Madre Aparecida, perdoe a minha impertinência, sinto muito, mas não posso ter paz enquanto não tiver certeza de que a Glorinha está bem. Pelo amor de Deus, faça alguma coisa para aplacar a minha angústia.

Depois de tanto desconsiderar as visões da Irmã Josepha, atribuindo suas infundadas preocupações como resultado de paranoias derivadas da intensa relação que teve com a menina; resolveu fazer alguma coisa para acalmá-la.

- Fique tranquila, tenho certeza de que está tudo bem, mas, para acalmar o seu espírito, vou pedir ao Padre-Mestre para fazer uma investigação rigorosa sobre a situação da Glorinha.

- Por favor, Madre, faça isso rápido, pois ela está sofrendo muito. Eu sinto isso...

Quando o Padre-Mestre chegou à residência dos Marianos, tendo antecipadamente anunciado a sua visita, encontrou uma Glorinha bem-vestida e com cabelos penteados. Ela estava sentada no sofá da sala, entre os seus pais adotivos, de cabeça baixa. Quando levantou a cabeça, o Padre-Mestre sentiu um profundo olhar de tristeza. Fez várias perguntas a ela, tendo suas respostas, após troca de olhares com a Marta, resumidas a sim e não.

Quando se despedia do casal, Maria, a doméstica, com a permissão da patroa aproximou-se do Padre para pedir sua benção e lhe cochichou nos ouvidos:

- Padre, volte aqui em duas horas, por favor.

Mais tarde, quando o casal já havia saído de casa para trabalhar, o Padre retornou e foi recebido pela Maria. Entrou e viu e ouviu a verdade sobre as condições de vida da Glorinha: onde dormia, o trabalho escravo que executava, as agressões que sofria, as diferenças de tratamento em relação aos filhos legítimos. Maria não deixou de mencionar um detalhe sequer do inferno que era a vida da Glorinha.

- Padre, não é cristão o que fazem com esta linda e inocente criança. Ela se sente melhor na favela do Vidigal, quando a levo para minha casa, do que aqui. Salve essa menina.

O Padre-Mestre, indignado com a realidade da menina que havia batizado:

- Por favor, arrume as coisas dela, que vou tirá-la imediatamente deste inferno. Diga ao Paulo e Marta para entrarem em contato com o Cardeal ou com a Madre Superiora do Convento de Santa Tereza.

- Muito obrigado, Padre. Graças a Deus.

Na chegada ao Convento, Glorinha foi recebida com muita festa e alegria pelas freiras. Ela olhava a todos e a tudo e parecia que sua memória ia se avivando e seus olhos começaram a se encher de lágrimas do reencontro com pessoas amadas. Ao fim da fila, chorando de felicidade, Irmã Josepha a aguardava, rezando para que ela se lembrasse dela. Quando seus olhares se encontraram, foi como uma explosão de amor; correram uma de encontro à outra e se abraçaram e beijaram por longo tempo.

- Minha filha querida, que bom que está de volta. Estava muito preocupada com você.

- Mãe, não deixe que me levem de novo. Quero ficar aqui, com você.

Depois da euforia coletiva com a volta à casa da filha de tantas mães, a Madre Superiora informou o

Cardeal e assegurou que não pretendia, de forma alguma, devolvê-la ao casal Paulo e Marta.

- Eminência, eles não foram cristãos. Não cumpriram os juramentos que fizeram em nome de Deus. A nossa Glorinha não vai voltar para eles.

- Estimada Madre Aparecida, pelo lado da fé, você está correta. Pelo que ouvi do Padre-Mestre, até acredito que eles não a queiram de volta. Mas há sempre a questão legal a ser considerada.

Madre Aparecida reuniu-se com a demais freiras para tratar do assunto. Explicou que não teria como negar uma decisão da justiça ordenando o retorno da criança aos seus pais adotivos. Consideraram diversas hipóteses, inclusive a de transferir a menina, em segredo, para outro Convento da Ordem.

Ao final, permaneceu conversando com a Irmã Josepha sobre os possíveis desdobramentos e consequências do resgate da Glorinha da casa dos Marianos.

- Ah, se pelo menos tivéssemos alguma informação sobre os seus pais verdadeiros!

- Madre, será que não haveria alguma informação nos pertences pessoais da Madre Jacinta?

- É possível, aliás, é nossa última esperança. Vou pedir uma autorização especial ao Cardeal para pesquisarmos os arquivos e memórias dela.

Depois de alguns dias e de receber uma reposta afirmativa do Vaticano, o Cardeal autorizou a abertura do pacote de bens pessoais da Madre Jacinta. Para alívio geral, lá estavam a carta e o envelope fechado e outras anotações da Madre Jacinta.

Na presença do Cardeal, de um Bispo e do Padre-Mestre, a Madre Superiora abriu o envelope, o qual continha o seguinte:

- A Certidão de Nascimento de Glorianna Marinho Resende, filha de Jorge Pedro Resende e Laíz Marinho Resende; nascida em 30 de janeiro de 1960, na cidade do Rio de Janeiro.

- Uma lista de nomes, parentescos e endereços.

- Um Certificado de Compra de Letras do Tesouro dos Estados Unidos, emitido pelo City Bank, no valor de face de um milhão de dólares americanos, no nome da Glorianna.

- Uma carta com explicações e instruções, como se segue.

    Santas Irmãs da Ordem do Carmo,

    Eu e o pai da Glorianna não somos casados na lei da igreja, porém, o fizemos no Registro Civil. Depois de uma viagem pela África Equatorial, eu e o Jorge fomos acometidos de uma doença muito grave, que Graças a Deus não atingiu o tesouro que levava no ventre. Ele faleceu poucos dias após o nascimento da Glorianna e só teve tempo de registrá-la e fazer os arranjos para o meu tratamento no Hospital Geral de Massachusetts.

Devido à nossa transfigurada aparência, efeito dessa terrível moléstia, ficamos temerosos de uma eventual rejeição à nossa querida filhinha, por parte de nossas famílias. Mesmo sabendo, por consultas aos melhores especialistas sobre o tema, que ela não fora infectada, não queríamos correr o risco de contaminá-la e, também, aos nossos pais infelizes.

Se não retornei para buscá-la, no prazo estipulado, e as senhoras abriram este envelope, é porque não sobrevivi à doença e à saudade da minha filhinha.

Peço o favor de entregarem-na aos cuidados de meus pais, em Ribeirão Preto – SP. Eles saberão o que fazer.

Em Deus e Santa Tereza, eu lhes sou eternamente grata pelo carinho e atenção que, tenho certeza, dedicaram à minha filhinha tão querida.

Laís, feliz e eterna mãe da Glorianna.

✓ Os avós da Glorianna a receberam com muita alegria. Ficaram encantados com a sua doçura, delicadeza, beleza e inteligência. Para eles, terem recuperado a neta, cuja existência desconheciam, foi uma dádiva dos céus e uma compensação divina pela perda da sua filha.

- ✓ O casal Paulo e Marta Mariano foram processados e condenados por maus tratos à incapaz.

- ✓ A doméstica Maria recebeu uma casa de presente dos avós da Glorianna, em um bairro de classe média, no Rio de Janeiro, e um emprego em uma das empresas da família.

- ✓ O Convento passou a receber mensalmente doações significativas, para a manutenção de seus projetos de caridade.

- ✓ Glorianna nunca mais se afastou das suas mães do Convento de Santa Tereza, visitando-as constantemente. A relação de amor com a Irmã Josepha nunca esmoreceu. Ela foi madrinha de seu casamento, realizado no Mosteiro, pelo Padre-Mestre da Congregação.

- ✓ A Irmã Josepha continuou sendo sensitiva com relação à sua Glorinha, porém, nunca mais com quaisquer sobressaltos.

Chico Cábula

Conscientemente ou não, poderia alguém ter o poder de causar azar a outros, pelo simples fato de ser contrariado?

Existem muitas coisas que podem trazer azar para uma pessoa, ao menos é o que boa parte da raça humana acredita ou se diz que não, pelo sim ou pelo não, evita confrontar.

Como exemplos dessas superstições, muitas delas regionais, estão o número treze, o dia 13 de um mês que cai na sexta-feira, o número quatro na China (associado à desgraça), passar por baixo de escada, quebrar espelho, ter aquário de água salgada em casa, dormir com os pés na direção da porta de entrada da casa, o noivo ver a noiva na véspera do casamento, e muitos outros. Além disso, ainda há animais associados ao azar, como cruzar o caminho de gato preto, ouvir o pio da coruja no quarto, o uivo do cachorro da casa ...

Ademais de tantos símbolos, condições e situações, todos conheceram pelo menos uma pessoa azarada, para quem nada dá certo. Representam bem essas pessoas os personagens 'Seu Madruga' do seriado 'Chaves' e 'Dick Vigarista' do desenho animado 'Corrida Maluca'. Contudo, é crença geral de que não existem pessoas com poder de causar má sorte a outras apenas por conviver ou conversar com elas.

Eu acreditava piamente nisso, até que conheci Francisco Almeida Ferreira Guimarães, morador da pequena cidade de Abadia, no interior do Estado do Piauí, a quem as pessoas se referiam como Chico Cábula, desde que ele não estivesse presente..

Loiro de cabelos lisos e escorridos, de estatura alta, magérrimo, de tez pálida e com auréolas escuras ao redor dos olhos, tinha uma aparência lúgubre, semelhante a uma caricatura de vampiro. Verdadeiras ou fantasiosas, o certo é que a população propalava a todos os cantos as estórias dos azares que ele teria causado a outros, pelo simples fato de ter sido contrariado.

Dizem que os estranhos acontecimentos começaram bem cedo na vida do Chico Cábula. Durante o seu batizado, estava dormindo no colo de sua madrinha, quando foi despertado pelo banho em sua cabeça de água gelada. Ao mesmo tempo em que desatou a chorar com todo vigor, misteriosamente a pira batismal se partiu ao meio, ferindo gravemente o pé do Pároco. Uma coincidência infeliz e a pira já devia estar rachada, dentre outras, foram as razões encontradas.

Entretanto, com o passar do tempo, ocorrências de má sorte com o seu envolvimento foram se multiplicando. De certa feita, aos sete anos, não foi escolhido no par ou ímpar para jogar bola; foi para casa chorando, enquanto um enxame de abelhas atacou ferozmente os jogadores.

De outra vez, aos dez anos, a professora do grupo escolar, ao corrigir sua prova de matemática, ironizou publicamente as suas respostas e lhe atribuiu nota zero. Os seus colegas riram a valer e ele escondeu seu rosto entre as mãos e chorou quietinho em sua carteira. Ao final do dia, a professora, ao atravessar uma rua deserta, distraída, não se apercebeu de um desnível na calçada, caiu de cara no chão, quebrando dois dentes.

Na adolescência, nos ensaios da véspera do baile de formatura do ginásio, nenhuma das garotas queria ser seu par na dança de abertura das celebrações e manifestavam ostensivamente suas repulsas. Quando se apercebeu dessa rejeição, humilhado deixou o treinamento e foi para casa. No outro dia, inexplicavelmente, todas as meninas amanheceram com os rostos tomados por pintas vermelhas, estavam com catapora.

A história de sua vida até o dia em que o conheci, já com cerca de 30 anos, foi marcada por seguidos acontecimentos de má fortuna para outros. Uma carona negada, um pneu furado; uma ofensa, uma gripe; uma gozação, um tornozelo quebrado. A sua companhia era evitada a todo custo, e a simples menção do seu nome motivava as mais variadas mandingas protetoras: sinal da cruz, figas com os dedos, bater três vezes na madeira e outras. Não obstante, nada era feito na sua presença; pelo contrário, era sempre paparicado por todos.

Ninguém ousava contrariá-lo; se queria jogar futebol era logo escalado na posição que desejasse, se pedisse para entrar em um jogo de cartas, alguém lhe cedia imediatamente o lugar. Todos os políticos o paparicavam e convidavam para seu palanque.

Quando manifestou ao prefeito eleito que gostaria de fazer parte de sua equipe de governo, ele criou especialmente para ele o cargo de "Secretário Especial de Assuntos Intermunicipais". Não tinha atribuições ou responsabilidades e o Prefeito de tempos em tempos o designava para uma tarefa qualquer, sempre exagerando a importância de seu trabalho.

De certa feita, a cidade recebeu a visita do Governador do Estado. a quem foi feita uma apresentação sobre o município e a sua gestão. Tanto o Prefeito, como o Presidente da Câmara de Vereadores e cada Secretário não pouparam elogios à atuação do Secretário Especial de Assuntos Intermunicipais, sem a qual nada teria sido realizado.

O Governador, visivelmente impressionado com o desempenho e a empatia do Secretário Francisco Almeida, pediu permissão ao Prefeito para convidá-lo a compor a sua equipe de governo. No seu imaginário, essa era a peça que faltava para que sua gestão decolasse definitivamente e o fizesse um potencial candidato à Presidência da República.

Aparentando profunda relutância e pesar pela perda de tão brilhante colaborador, o Prefeito respondeu que não poderia recusar um pedido do amigo e líder político. O Chico aceitou o honroso convite e prometeu dar o melhor de si pelo sucesso da gestão do governo do estado e que estaria sempre à disposição do povo amigo da cidade.

No dia e hora de sua partida, quase toda a população estava presente à sua despedida, acenando lenços brancos e aplaudindo efusivamente o jovem talento local. Assim, que o trem apitou e iniciou seu deslocamento e foi constatado que ele definitivamente estava a bordo, a banda da cidade tocou forte e todos se abraçaram, dançaram e festejaram a valer, como se fosse o melhor dos carnavais.

Quanto ao Governador, dizem que desapontado com a incompetência e o fraco desempenho do Chico, em um momento de raiva, fez-lhe críticas em público, fazendo-o chorar de vergonha.

Dias após o conflito, o Governador foi acometido de um severo acidente vascular cerebral (AVC) e foi definitivamente afastado do cargo. O Vice-Governador, ao assumir o mandato, alertado por um correligionário da cidade de Abadia sobre os poderes do Chico, tratou de designá-lo para o importante cargo de "Secretário Especial de Relações Intergovernamentais", ao qual, evidentemente, não tinha qualquer atribuição ou responsabilidade.

A fama do Chico Cábula ganhou tamanha dimensão, que ele permanece intocável e altamente prestigiado no seu importante cargo, por muitos e muitos governadores. Dizem que se casou com uma cigana mandingueira e tiveram uma numerosa prole, com a mesma aparência vampiresca e poder de azarar a vida de qualquer um.

✓ Cuidado. Eles podem estar por perto.

Medo de Avião

O sentimento e o acaso fazem o destino.

Zé Romão, pernambucano, valente, nascido na caatinga, na década de 60, e acostumado às agruras do sertão, dizia não ter medo de bicho, gente ou assombração. Além disso, tinha o estopim curto, não levava desaforo para casa, fossem quais fossem as circunstâncias.

Era respeitado na região e até temido, em razão de sua fama. Já com quase dezoito anos, nascido e criado no agreste pernambucano, especificamente, no município de Coritana, nunca havia saído da região. Trabalhava com seu pai, um bem-sucedido fazendeiro e comerciante. Rapaz de boa pinta e um bom partido, era cobiçado pelas donzelas casadoiras, que não lhe poupavam olhares convidativos.

Entretanto, para sua profunda frustração, a Gabriela, a seus olhos a mais linda garota do universo, não lhe dava a mínima atenção. Mais do que isso, o evitava e ignorava sua presença, até com certo ar de desdém. Com receio de ser peremptoriamente rejeitado, não ousava cortejá-la ostensivamente e passou a apreciar esse grande amor em segredo.

Zé Romão, muito tímido, ficava sem palavras ou ação quando na presença da Gabriela, mas não perdia oportunidade de se aproximar de sua mãe, Dona Matilde, e se mostrar prestativo. Um dia, era um pote de mel da fazenda, outro, se oferecia para carregar suas compras. Ciumento, buscava afastar e desencorajar qualquer pretendente. Agia dessa forma com tanta frequência e intensidade que seu segredo, sem que ele percebesse, já era do conhecimento de todos, inclusive do alvo de sua paixão.

Gabriela, também tímida e recatada, aguardava com ansiedade que ele se declarasse, mas o Zé não percebia que era correspondido e perdia todas as oportunidades. Sabedores do imbróglio, por amizade ou temor da fúria do Zé, nenhum dos jovens cortejava a Gabriela. Dona Matilde lamentava com seu marido: "Se essa situação de 'não trepa e não sai de cima' continuar por muito tempo, a Gabriela vai acabar ficando pra titia".

De certa feita, durante um espetáculo circense, um lutador profissional alto e musculoso do tipo peso pesado, fez um desafio aos assistentes: "Quem resistir a um *round* de três minutos de luta livre comigo, ganhará mil cruzeiros". Como ninguém se voluntariou, apontando para um lugar onde estavam várias garotas, inclusive a Gabriela, ajuntou: "Acho melhor vocês mudarem de cidade, aqui vai ser difícil encontrarem um marido". Todos riram, exceto o Zé, que não gostou da brincadeira e imediatamente aceitou o desafio.

O lutador profissional, ao ver aquela figura franzina, não pôde conter o riso. Fez-se silêncio ensurdecedor no circo, e, quando a luta começou, parecia uma reedição de Golias *versus* Davi: não durou um minuto. Para surpresa do dono do circo, que nunca havia tido que pagar o prêmio, o Golias foi derrubado com uma rasteira certeira, imobilizado com uma gravata da qual não conseguiu se livrar, perdeu o fôlego e desmaiou. O vencedor foi ovacionado em pé pelos presentes, mas quando ele olhou para o lugar onde estava a Gabriela, ela já não se encontrava. Assustada e com medo do Zé se machucar seriamente, chorando, saiu correndo do circo antes do início da contenda.

Esse e outros feitos eram contados sobre a valentia do Zé Romão, envolvendo brigas, doma de gado, captura de cobras com as mãos ... Era respeitado e temido, ainda mais porque era famoso por sua pontaria certeira e pelo manejo da peixeira.

Nas conversas do povo de Coritana, o Zé era constantemente citado como dono de uma valentia somente comparável à do cangaceiro Lampião. Além disso, era gentil com as crianças e com os mais velhos, sendo ainda dotado de um coração de ouro, pois não negava ajuda a quem precisasse: um verdadeiro herói local. Diziam, orgulhosos: "O nosso Zé Romão não tem medo de nada, de homem, bicho ou assombração".

Entretanto, Zé Romão tinha outro segredo, mais do que isso, uma fraqueza que escondia dentro de sua alma: tinha medo, não, tinha pavor de avião. Tinha tanto medo, que jamais passava perto de um campo de pouso e tremia todo quando ouvia o ronco de um avião, mesmo que estivesse a centenas de metros de altura.

Em uma visita a Recife, ficou paralisado ao se ver em Boa Viagem durante uma demonstração da Esquadrilha da Fumaça. Enquanto seus amigos se deliciavam com os detalhes das arrojadas manobras, Zé Romão cambaleante refugiou-se no banheiro de um restaurante, de onde só saiu quando já não se ouvia mais qualquer ruído.

Ao final do espetáculo, disfarçando o seu pavor, procurou entrar na conversa com os amigos sobre as acrobacias e rasantes das aeronaves. Bebeu uma talagada da boa cachaça e, sem pensar, disse que seu sonho era voar em um bicho desses. Toledo, um de seus amigos de infância, que nunca soubera desse sonho do Zé, mas que tinha sempre ideias criativas, disse que também gostaria de experimentar a sensação e que tinha um primo que era piloto do aeroclube de Recife. Dirigindo-se ao Zé, completou:

— Vamos ao aeroclube tentar fazer um voo?

Aquela proposta gelou a alma do Zé, que, fingindo tranquilidade, sem deixar transparecer qualquer emoção, garantiu que na primeira oportunidade iria ao aeroclube, mas logo hoje, ele tinha assumido o compromisso de visitar sua tia Amélia. Toledo insistiu que deveriam ir imediatamente para aproveitar a oportunidade de estarem em Recife e que, como sabia, o seu primo deveria estar no aeroclube por àquela hora. O Zé concordou:

— Vamos logo, então, mas antes vou dar uma passadinha rápida na casa da tia Amélia e encontro vocês lá, em meia hora.

Mal saiu na direção da casa da tia, suando frio, tomou o rumo da rodoviária e pegou o primeiro ônibus para Coritana. Depois daria uma desculpa ao seu amigo; quem sabe uma doença repentina da sua tia ou um chamado urgente para ajudar algum amigo.

No ônibus, sentado à janela e com o olhar perdido no horizonte, Zé Romão se lembrou do dia em que soube de seu destino. Tinha cerca de treze anos, começando a despontar as espinhas no rosto e com sonhos de aventuras, passeando em um parque de diversões, resolveu por brincadeira pedir a uma cigana que lesse a sua mão. A cigana, com suas roupas e turbante coloridos, a pele ligeiramente enrugada, olhos azuis e penetrantes, depois de demonstrar conhecimento sobre a vida e o passado do Zé (nada difícil pela idade e aparência do menino), com voz dramática, profetizou:

— O seu destino está definitivamente ligado a um avião. Antes de completar dezoito anos, uma dessas máquinas voadoras vai tirá-lo deste mundo. Você ficará eternamente enlaçado ao paraíso.

Em resposta, Zé tentou fazer um gracejo, mas a cigana cortou sua voz:

— Acredite na minha visão e afaste-se de qualquer tipo de avião. É a única maneira de escapar do seu destino, se é que isso é possível.

No começo. o Zé, embora impressionado, tentou não dar muito crédito às palavras da cigana, mas suas palavras não saíam de sua mente. Por via das dúvidas, resolver consultar uma cartomante local, amiga de sua mãe. Sem que ninguém percebesse, foi à casa dela e perguntou de pronto:

— O que vai acontecer comigo antes de completar dezoito anos?

A cartomante, surpreendida com tal pergunta direta, pensou rápido: "é menino com muita *vitalidade, deve gostar de aventuras*". Daí, recordando-se de um artigo sobre o Correio Aéreo Nacional, que acabara de ler na revista O Cruzeiro, imaginou que voar deveria ser o sonho da maioria dos jovens. Respondeu, sem outras considerações:

— Não posso dizer o que vai acontecer com você, mas seu futuro está definitivamente ligado a um avião.

— Em desastre de avião! Vou morrer em desastre de avião ou, pior, ficar paralítico para o resto da vida!

Saiu correndo, e repetindo para si mesmo que sua terrível sorte estava confirmada. Um avião iria interromper tragicamente sua vida.

No dia seguinte, a cartomante contou o ocorrido para a mãe do Zé, que, preocupada e curiosa, foi conversar com o filho, mas ele permaneceu mudo, nada comentou, guardando para si um segredo que iria lhe perseguir por muitos anos.

Um certo dia do mês de julho, chega à Coritana o sobrinho da Dona Serafina (madrinha de batismo do Zé), vindo de São Paulo, para passar suas férias. De nome William, era um jovem com praticamente a mesma idade do Zé, mas com feições completamente diferentes. Enquanto o Zé aparentava o típico do homem do sertão, ele tinha cabelos loiros e gestos educados. Não demorou para que o visitante passasse a ser o assunto do dia de todas as moças da cidade. Era um tal de cochicho pra cá e pra lá que começou a deixar os jovens nervosos e ciumentos.

Naquele mesmo mês, o Zé completaria dezoito anos, e isso não arredava pé de sua cabeça. Recusou todas as oportunidades de viagem, preferindo permanecer em Coritana, onde não havia campo de pouso. Se nada acontecer até o dia do seu aniversário, então ele estaria livre da maldição.

Durante uma festa junina, o William convidou a Gabriela para dançar, e assim fizeram com olhares aquecidos e um roçar provocante de pernas. O Zé, que a tudo observava, com o ciúme aflorando a pele e raiva incontida, convidou o William para se afastar da Gabriela.

— Moço, fique bem avisado, deixe a Gabriela em paz. Ela não é do tipo que você está acostumado. Entendeu ou quer que eu lhe explique na bordoada?

O William, que não conhecia o Zé, também de sangue quente, rechaçou a ameaça. Os dois rapazes se estranharam e estavam a ponto de ir às vias de fato, quando Dona Serafina chegou e pôs fim à discussão.

No dia seguinte, que por acaso era a véspera do aniversário do Zé, o William o encontrou na barbearia do Juca, cortando o cabelo, e foi logo dizendo:

— Zé Romão, gosto muito da Gabriela e gostaria de namorar sério com ela. Se for isso também o que pretende, proponho deixar que ela decida com quem quer ficar. O que acha?

O Zé, surpreso com a ousadia do almofadinha da cidade grande, contido pelo Juca em seu intento de agredir de imediato o insolente, rechaçou:

— Se não sair daqui rápido, vou lhe dar uma surra que você nunca mais vai esquecer!

Impassível, o William, que era faixa preta de karatê, embora ninguém na cidade soubesse, retrucou:

— Se for assim, na violência, que prefere resolver a questão, está bem para mim. Estou pronto, com a condição de lutarmos com as mãos limpas, sem qualquer arma. Quem vencer a briga fica com a Gabriela, e o outro nunca mais dirige palavra a ela. Concorda com essa condição? Dá sua palavra de honra?

— Meu Deus, a menina está nervosa. Quer apanhar agora ou prefere marcar um lugar e hora?

O Juca, preocupado com um entrevero dentro de sua barbearia, apartou:

— Vamos fazer isso direito e de forma justa. Proponho que se encontrem no campo de futebol, em duas horas. Também, precisamos definir umas regras básicas do duelo. Então, proponho o seguinte:

    1º - Ninguém pode portar qualquer tipo de arma ou objeto.

    2º - Vale tudo, exceto mordida e dedo no olho.

    3º - Se um pedir clemência, tempo ou fugir do combate, o outro será declarado vencedor.

    4º - A luta só termina quando houver um vencedor.

    5º - Caberá ao árbitro da luta e somente a ele decretar o vencedor.

- Se estiverem de acordo, vou convidar o Delegado Pedro Joaquim (cabo da Polícia de Pernambuco) para mediar o combate? Ninguém melhor do que ele. – Completou Juca.

Ambos concordaram e estavam se retirando, quando o William olhou fixo nos olhos do Zé e disse:

— Fique sabendo que sou Sensei*. Entendeu? Não diga que não avisei.

*Faixa Preta de Karatê

O Zé não entendeu nada. Imaginou que esse negócio de Sensei deveria ser coisa de baitola.

Se alguém quiser manter um segredo, não deixe o Juca saber. Em pouco tempo, a estória se propalou por toda a população, e, antes mesmo da hora, o campo de futebol do Esporte Clube Coritanense estava lotado.

A Gabriela, cercada de amigas, com seu melhor vestido, fazia-se de preocupada. No íntimo, regozijava-se com a disputa por seu amor. Sentia-se como uma princesa da Idade Média, cuja mão em casamento estaria sendo disputada em uma justa de lança e espada por dois galantes cavalheiros.

Assim como a grande maioria dos habitantes de Coritana, ela tinha absoluta certeza da vitória esmagadora do Zé Romão, e ansiava ardentemente por isso. Enquanto, propugnava pelo impedimento do descalabro dessa briga, fazendo-se de ofendida, pois cabia a ela, somente a ela, escolher o homem de sua vida, mentalmente ensaiava suas reações. Tinha pena do William e, sinceramente, esperava que ele não sofresse muito.

Como ninguém queria apostar no forasteiro, pois Zé, campeão de Coritana era imbatível, passaram-se a oferecer vantagem 2 por 1, 5 por 1..., chegando a 10 por 1, o que foi aceito por apenas um apostador, o peão Raimundo, filho de D. Serafina. Ele conhecia bem as habilidades do William, campeão brasileiro de Karatê. Apostou o que tinha e o que não tinha. Se ganhasse, estaria rico; se perdesse, falido. Seja o que Deus quiser, pensou.

O Juca, assumindo ares de idealizador do evento, tratou de organizar a luta e com um megafone anunciou a contenda, tendo o cuidado de mencionar alguns patrocinadores de quem havia recebido uma boa quantia. Na hora certa, o Zé entraria no campo pelo lado do vestiário do time local, e o William, pelo dos visitantes. Uns fiscais de última hora garantiriam que nenhum deles portaria qualquer tipo de arma ou objeto e ajudariam o Pedro Joaquim a separar os brigões, se necessário, para evitar um desfecho trágico.

No momento aprazado, ambos os jovens brigões entraram no campo. O Zé, sem camisa, mostrando o torço musculoso. O Wiliam, vestindo um quimono branco, com uma faixa preta na cintura. Ao ver a roupa do visitante, uma gargalhada estridente explodiu entre os assistentes.

Quando os rivais estavam frente a frente, ouvindo os intermináveis anúncios e recomendações do Juca, o Zé Romão observou um pequeno ponto no céu que se aproximava do campo. Era o primo do Toledo, que alertado por ele do evento, resolveu voar para Coritana e fazer um voo rasante no campo de futebol com um Paulistinha do aeroclube.

O Zé não tirava os olhos do objeto ameaçador que, decididamente e cada vez mais próximo, voava em sua direção. Imediatamente, veio-lhe à cabeça o fato de que ainda não havia completado a idade fatídica. A maldição estava para acontecer. Aterrorizado, suando frio e imobilizado pelo trágico destino que se acercava, sem tirar os olhos da aeronave, deixou de escutar as últimas instruções de início do combate.

Totalmente paralisado, sequer notou a aproximação do William, que já começou atacando-o com golpes *ague-suki* e *shuto-uti*, ao mesmo tempo em que o avião sobrevoava suas cabeças. Sem esboçar qualquer movimento de defesa, os dois golpes certeiros e potentes em seu rosto o levaram a nocaute.

Depois de alguns minutos, ainda sem que o Zé se recobrasse do desmaio, relutantemente, Pedro Joaquim, que havia carregado na aposta contra o William, não teve escolha senão declará-lo vencedor. Este, feliz com o resultado, procurou a Gabriela para reclamá-la como prenda, mas foi rudemente repelido.

— Seu bruto, desalmado! Não quero ver a sua cara!

Quando começou a recobrar a consciência, Zé Romão imaginou-se em outro mundo. Com a cabeça apoiada no colo quente e macio da Gabriela, ouvia sua voz melosa: "Meu amor, não me deixe". Sentiu-se no céu, no paraíso. Ao abrir os olhos, viu-se nos braços da mulher que sempre amou e entendeu a profecia, o seu destino estava realmente conectado a um avião. Doce vida a minha, pensou e sentiu na alma.

Cavalo de Guerra

Foi herói sem nunca ter sido.

Ainda nos primórdios da Guerra dos Farrapos ou Revolução Farroupilha*, em setembro de 1835, uma tropa farroupilha de 400 homens, comandada por Antônio de Souza Neto, derrotou fragorosamente um contingente de 560 combatentes do governo imperial comandados por João da Silva Tavares.

*Revolução ou guerra regional, de caráter republicano, contra o governo imperial do Brasil, na então província de São Pedro do Rio Grande do Sul, e que resultou na declaração de independência da província como estado republicano, dando origem à República Rio-Grandense. Estendeu-se de 20 de setembro de 1835 a 1 de março de 1845.

Na região de Bagé, ao atravessar o arroio Seival, a tropa farroupilha foi surpreendida pelos legalistas, que atacaram incontinenti e em massa. Souza Neto ordenou o contra-ataque, e ambos os contingentes se encontraram em dura e sangrenta batalha. O embate, predominantemente corpo-a-corpo, resultou em um expressivo triunfo farroupilha. Foi uma grande vitória da determinação, do entusiasmo e da coragem de um lado, contra o desânimo e o medo do outro.

Isso é mais ou menos o que a história conta. O que pouca gente sabe é como os fatos se sucederam ...

Fazia parte da tropa farroupilha, recentemente incorporado, o peão Gildásio Tomaz Nunes, com cerca de dezoito anos de idade, filho único de Gerêncio Tomaz Nunes, um rico estancieiro na região de São Borja. Pelo fato de o pai ser um fervoroso colaborador da causa farroupilha e ter encarregado o

General Souza Neto que olhasse por seu único filho, o novato marchava na retaguarda, sob a supervisão de um veterano da confiança do General.

Paramentado como se fosse a uma festa (bombacha, chiripá, guaiaca, pala, medalhas de prata no chapéu etc.), portando uma garrucha e um facão longo e reluzente, o jovem peão montava um crioulo lobuno-dourado, de gineteada natural, chamado Avante.

Livre dos deveres de faxina reservado aos calouros, passava o tempo fazendo exibições de adestramento do garboso animal. O desempenho do conjunto, cavaleiro e cavalo, era motivo de genuína admiração. O animal obedecia de pronto a todas as ordens de comando: passo, trote marcha, cânter, galope, empino, coice, ostentação e outros.

Gildásio mostrava-se entusiasmado com a perspectiva das batalhas. Os demais peões reconheciam nele as qualidades de um bom ginete, mas também o julgavam frágil demais para o combate, que, cedo ou tarde, certamente viria. Além do mais, todos sabiam que, sendo apadrinhado do General, não deveriam contar com o novato em atividades perigosas.

E surgiu a tão esperada batalha!

Acontece que, quase no mesmo instante em que Silva Tavares comandou o ataque em desabalada carreira e estridentes gritos de guerra, partiu do lado dos farroupilhas um cavaleiro solitário cavalgando em alta velocidade e em sentido contrário. Era Gildásio, brandindo seu facão reluzente e gritando "Diabos, Avante! Desgraçado! Maldito Avante!...".

Souza Neto havia considerado rapidamente a situação e decidido por adotar uma tática defensiva para frear o ímpeto inimigo. Isso, de forma a possibilitar, posteriormente, uma retirada controlada, como haviam exaustivamente treinado. Entretanto, espantado e compelido pela iniciativa daquele cavaleiro solitário, que, de pronto, não reconhecera, Souza Neto, quase que por instinto, ordenou o contra-ataque.

Os farroupilhas, imediatamente e em total êxtase, partiram em desenfreada carga, repetindo os gritos de guerra do Gildásio: "Avante", "Maldito", "Diabos"...

Gildásio, ao atingir a frente da tropa inimiga, lutou freneticamente, enquanto o Avante distribuía patadas e coices em todas as direções. Com isso, abriu uma pequena brecha na frente do ataque inimigo. Foi por esse ponto que o grosso da tropa farroupilha rompeu.

A tropa atacante, surpreendida pela iniciativa solitária e suicida de Gildásio, além de ver a alucinante carga dos farroupilhas em contrário, refreou o seu ímpeto, perdeu a confiança e acabou sendo fragorosamente derrotada.

Logo após o embate, o General Souza Neto não continha a sua satisfação e orgulho pela estrondosa vitória sobre as forças imperiais. O Comandante Silva Tavares e 216 de seus homens fugiram, restando de sua guarnição 181 mortos, 63 feridos e 100 prisioneiros. Do lado farroupilha, apenas poucos feridos, e nenhuma morte. Foi, sem qualquer dúvida, a mais espetacular batalha da Guerra dos Farrapos e, seguramente, uma das mais expressivas da história das guerras no mundo.

Milagrosamente, Gildásio, embora extremamente exausto e gravemente ferido por golpes de lanças e espadas, ainda estava vivo. Inconsciente, enquanto era atendido pela equipe médica, balbuciava palavras sem nexo, como "Maldito!", "Safado!", "Vou te matar!"... Seu cavalo, com chagas por todo o corpo, ensanguentado e prostrado na relva, ficou abandonado no campo. Se não morresse logo, ele e os demais na mesma situação teriam que ser sacrificados.

Na noite do mesmo dia, os cavalariços percorreram o campo de batalha e deferiram tiros de misericórdia nos animais feridos. Quando se aproximaram do Avante, notaram que, com enorme esforço e cambaleante, o cavalo conseguira ficar em pé. Mesmo assim, como o animal aparentava sentir fortes dores, a prática seria a de sacrificá-lo. Não obstante, um dos cavalariços que amava os ginetes teve pena do belo exemplar de crioulo e se prontificou a cuidar pessoalmente dele.

Se o Avante não se recuperasse, até o dia da partida, ele mesmo o sacrificaria. O cavalariço chefe, que não acreditava na possibilidade de recuperação do cavalo, ao reportar o resultado da inspeção ao Tenente responsável pela logística da tropa, informou a perda da totalidade dos animais feridos.

Na festa da vitória, a comemoração durou a noite toda, regada a farto churrasco e muito vinho e cachaça. O feito do recruta Gildásio foi constantemente revivido e cantado em verso e prosa pelos violeiros. Foi aclamado como o "Herói de Seival". Ao saberem do diagnóstico médico de que o bravo peão sobreviveria, a despeito dos seus graves ferimentos, a notícia foi freneticamente ovacionada, com vivas e tiros para o alto.

O General Silva Neto estava exultante com a fantástica vitória. Entretanto, sendo de rígida formação militar, considerava inadmissível qualquer desobediência ou desrespeito às suas ordens. No caso em questão, embora a insubordinação tivesse sido fundamental para a vitória naquela peleja, Silva Neto não se sentia confortável em deixar o desmando passar em branco. Vinha-lhe à memória que sempre punira as eventuais transgressões com severidade exemplar. Agora, todavia, depois de tomar conhecimento de que o cavalariano transgressor era o seu protegido Gildásio, considerado um herói pela tropa, sentia-se em dúvida sobre como proceder. Resolveu, então, reunir seu Estado-Maior.

Foi aconselhado e acatou a ideia de fazer do indisciplinado um herói, mas também licenciá-lo do serviço. Isso lhe permitiria ficar bem com os seus soldados, agradar ao pai do Gildásio e, concomitantemente, livrar-se de sua presença. O médico da tropa, devidamente instruído, atestou que Gildásio necessitaria de um bom período de tratamento e repouso, e que estaria incapacitado para o combate, por longo tempo.

Na véspera de levantar acampamento, o General emitiu Decreto promovendo Gildásio ao posto de Capitão das Tropas Farroupilhas, por ato de bravura em combate, declarando-o "Herói de Seival". Em cerimônia no hospital de campanha, colocou-lhe no peito uma medalha de honra. Para muitos, esta seria a precursora da Medalha de Mérito Farroupilha, até hoje concedida pelo Governo do Estado do Rio Grande do Sul.

Paralelamente, determinou que o recruta fosse reformado do serviço ativo e recebesse o devido tratamento em Bagé, sob os cuidados dos simpatizantes locais. A tropa festejou freneticamente a decisão do comandante. Apesar disso tudo, como comprovado mais tarde, nada foi reportado nos Diários da Tropa.

Em Bagé, Gildásio foi recebido como herói pelos adeptos da causa Farroupilha. Por motivos de segurança, foi hospedado na casa do rico estancieiro, Manoel Gutierrez, onde seria tratado com todas as honras por sua família. Embora, a olhos vistos, sua saúde aos poucos se recuperasse, uma cena se repetia a cada noite. Tinha pesadelos e acordava a todos na casa com gritos alucinantes de "Diabos, Avante!", "Desgraçado!", "Maldito Avante!...".

Não obstante, se pudessem penetrar em seus sonhos, teriam sabido que ocorriam em dois episódios.

No primeiro, com a expressão facial de pura felicidade, ele rememorava o dia em que seu pai lhe presenteou com um lindo potro, que batizou de Avante. Os momentos de verdadeira amizade entre cavaleiro e cavalo, os truques e brincadeiras que realizavam juntos, inclusive o treinamento de carga de cavalaria.

Ato contínuo a isso, vinha-lhe a lembrança dos momentos de terror e repetido sofrimento. Via-se montado no Avante, em desabalada carreira na direção dos inimigos, sem o mínimo controle sobre o que estava acontecendo. Tentava desesperadamente refrear o ímpeto do animal, mas ele, Avante, tendo lhe tomado as rédeas, o conduzia a toda velocidade para a morte certa. Eram momentos revividos de imensa angústia, que explodiam em gritos de desespero e dor. Acordava assustado, chorando e molhado de suor.

Mais tarde, quando informado da morte de seu cavalo na batalha, chorou em doído silêncio. Em que pese, no entanto, a enorme dor pela perda de seu amigo, o fato de não haver qualquer outra testemunha da sua covardia, trouxe-lhe grande alívio. Com o passar do tempo, foi se esquecendo do Avante e dos terríveis acontecimentos, e se acostumando com o papel de herói.

Os pesadelos foram se tornando escassos. Sabia, em sã consciência, que não era merecedor de todas as honrarias que a família de Manoel Gutierrez lhe dedicava, em especial, da filha do estancieiro, Maria Rosa. Mas não se sentia com a mínima disposição de contar-lhes a verdade ou de deixar aquela casa.

Ao ver Maria Rosa pela primeira vez (linda, cabelos longos, olhos grandes que brilhavam como dois diamantes negros, lábios convidativos, estatura mediana e silhueta arredondada, delicada como uma flor), apaixonou-se de pronto. Trocavam olhares furtivos de cumplicidade e, sempre que a etiqueta permitia, conversavam animadamente. Assim, mesmo aparentando plena recuperação, não mostrava qualquer intenção de deixar a estância, o que vinha preocupando (e muito!) Gutierrez. Se não fosse um herói farroupilha, já o teria colocado porta afora.

Um dia, percebendo que não poderia mais adiar sua partida, e notando que não havia como disfarçar as suas intenções com a Maria Rosa, criou coragem e pediu a mão dela ao seu pai. A reação da família foi exultante. Além de casar a única filha, cuja idade já estava chegando ao limite, teriam um genro herói e herdeiro de estância. O que mais poderiam desejar?

O casamento realizou-se em grande estilo, com a presença de membros de ambas as famílias e da nata das sociedades de Bagé e de são Borja. E foi durante a festança, enquanto exibia orgulhosamente a sua medalha de bravura, que seu pai lhe deu a notícia: o Avante estava na estância totalmente recuperado.

Havia sido levado por um cavalariço do General Silva Neto, que destacou as qualidades do animal; sem igual no combate, disse. Foi como um sopro de realidade. Acreditava que o cavalo estaria morto, pois se lembrava, vagamente, de vê-lo deitado na relva do campo de batalha, coberto de sangue, e de ter sido informado de sua morte.

A notícia, que o pai pensara ter o filho recebido com imensa alegria, trouxe-lhe imediatamente, expressada no seu semblante, a visão dos momentos de angústia e medo.

Os pesadelos voltaram a atormentar as suas noites. Um dia, ainda em lua de mel, não aguentou mais o peso da culpa e desabafou com Maria Rosa. Contou-lhe tudo, com todos os detalhes, desnudou-se completamente de sua empáfia, e esperou a condenação de sua amada. Entretanto, em vez disso, encontrou a compreensão, o carinho e a cumplicidade que só existem entre os apaixonados.

Ela o consolou, convencendo-o de que poderia ficar tranquilo quanto ao seu segredo: o Avante era apenas um animal e não tinha sentimentos como os humanos. Não havia como julgá-lo ou acusá-lo de nada. A partir daí, seus pesadelos desapareceram.

De volta à estância de seu pai, Gerêncio Tomaz Nunes, à tardinha de uma sexta-feira, o casal foi recebido com muita alegria e indisfarçável orgulho por seus genitores e empregados. Sua mãe preparou o prato favorito do filho único, e conversaram sobre as novidades até altas horas.

No dia seguinte, uma festa de boas-vindas foi rapidamente organizada. Gildásio, ostentando a medalha no peito, circulou por entre os convidados, cumprimentando a todos e repetindo para cada um os detalhes de seu feito heroico, sem nunca sequer citar o papel de seu cavalo. Tanto vinha repetindo a narrativa, que já não duvidava de sua veracidade.

O domingo amanheceu com o céu azul e o sol brilhando: um lindo dia para cavalgar. Logo após o desjejum, o velho Gerêncio mandou encilhar quatro cavalos para a família percorrer a propriedade, que um dia seria de seu filho e netos. Para o filho, reservou uma surpresa: o Avante totalmente recuperado.

Quando os olhos de cavaleiro e cavalo se encontraram, uma explosão de emoções irrompeu. Gildásio, com lágrimas escorrendo, tentou acariciá-lo e prender em seu bridão a medalha de honra que havia recebido. O Avante, com olhar acusador, refugou violentamente, e se afastou. Virou-lhe as costas e não permitiu que se aproximasse. O "Herói de Seival" entendeu, de imediato, o que estava acontecendo ali: o Avante sabia da sua covardia e o rejeitava por isso.

Maria Rosa abraçou ternamente o seu marido e o levou para dentro da casa. Nunca mais os pesadelos o abandonaram.

A Luta do Ano

A população de Cesar, pequena cidade do interior do Estado de São Paulo, onde quase nada acontecia, estava excitada pela notícia que corria de boca em boca.

O ano era o de 1955, um sábado do mês de setembro, depois da missa das 18 horas, tudo parecia normal na Praça da Igreja. Ao som da música do coreto, os jovens solteiros realizavam o ritual de circularem pelo recanto público, em direções opostas. As mulheres no círculo interno, no sentido horário e os homens, no anti-horário, sem se misturarem. O movimento era conhecido como *footing*, embora poucos soubessem o seu significado em inglês.

Na caminhada, conversando animadamente em grupos do mesmo gênero, as trocas de olhares entre círculos poderiam significar tudo ou nada, dependendo do brilho e do recado que passavam de um para o outro. Os homens buscavam o olhar das várias garotas de sua preferência, mas as mulheres, selecionavam cuidadosamente os seus alvos.

Quando o significado dos olhares já tornava explícito o interesse mútuo e com alta dose de brejeirice, seguindo a um gesto do potencial parceiro, a menina se afastava do grupo, ocasião em que o contato era realizado e um romance poderia aflorar.

Naquele dia, além desse bucólico cenário, algo mais estava no ar e gerava grandes discussões e piadas de vários matizes. Uma briga incomum fora combinada para aquela noite. Dois dos maiores medrosos da cidade iriam pelejar naquela noite; iriam mesmo?

Já estava tudo acertado. Zé Pedro e Jurandir pretendiam pugnar e acertar de vez suas diferenças, às vinte horas, em frente à sede social do Imperador Cesar Futebol Clube, onde se realizavam as famosas brincadeiras dançantes.

A razão do entrevero começou quando Jurandir, um meio vagabundo, ou seja, uma daquelas pessoas que só trabalham quando forçadas a isso, e conhecido na cidade como um debochado, pousou os olhos na Dirce, cujo molejo sensual ao caminhar era capaz de tirar o fôlego até de eunucos. Ela tinha acabado de sair da missa das 10 horas e, como chuviscava, despediu-se rapidamente das amigas, e, não tendo trazido a sua sombrinha, apertou o passo para a sua casa, três quarteirões à frente.

Jurandir, que a seguia a certa distância, não perdeu tempo, tomou o guarda-chuva de um dos seus amigos, e correu em direção à Dirce. Alcançou-a no meio do primeiro quarteirão e ofereceu-se para protegê-la da chuva até a sua casa.

Depois do susto com a repentina aproximação, ao constatar que se tratava de Jurandir, que de forma atrevida vivia lhe fazendo gracinhas e enviando beijos pelo ar, não teve dúvidas e prontamente recusou a gentileza. À insistência do atrevido, deu de ombros e seguiu em frente, tentando ignorá-lo.

Sem esmorecer, mesmo já contando com diversas testemunhas que se acercavam dos dois, Jurandir ajoelhou-se à sua frente, declarou todo o seu amor e jurou que se ela o aceitasse como namorado, mudaria completamente de vida. Voltaria a trabalhar com seu pai e poderia lhe oferecer o céu, a terra e o mar ... Para se livrar do assédio, ela desfechou que já tinha namorado, o alfaiate Zé Pedro, homem sério, culto e trabalhador e que não havia chance alguma de virem a ter qualquer envolvimento, mesmo que ele fosse o último homem na Terra.

Enfurecido com o desprezo, desfez-se da capa de cavalheiro e passou a desferir impropérios em voz alta, tendo como alvo o Zé Pedro – não era homem para ela, um poltrão, feio demais, fracassado, com jeito afeminado e condenado a ser pobre o resto da vida. Ela deu com os ombros e seguiu em frente, sem olhar para trás.

Dirce considerava o Jurandir um idiota que não trabalhava e sem futuro. Nenhuma das moças da cidade imaginaria tê-lo como namorado. Dar atenção a ele seria uma pura perda de tempo. Diz as mesmas coisas para todas e é rejeitado da mesma forma, um palhaço. Pensou em contar o acontecido ao Zé Pedro, mas achou que não valeria a pena envolver o namorado nesse caso. Isso poderia irritá-lo e até resultar em violência e prisão, por causa de um desqualificado: um projeto fracassado de galã.

Entretanto, uma das características mais marcantes das cidades pequenas é a rápida e eficiente comunicação, ou melhor, divulgação de um acontecimento ou fofoca. Zé Pedro soube do acontecido antes mesmo de se encontrar com a Dirce, que tentou minimizar o acontecido, para evitar mais confusão ou briga. Mas ultrajado, mais pela fofoca espalhada pela cidade do que pelo fato, já que Jurandir era uma pessoa desconsiderada até pela sua família, mandou os interlocutores darem um recado ao atrevido – a próxima vez que ele se dirigisse à Dirce, iria levar uma surra para se lembrar pelo resto da sua vida.

Como esperado, Jurandir respondeu com outras ofensas a ele e à Dirce, a ela por ter tão mau gosto na escolha de namorado: deveria estar desesperada para casar-se e qualquer um serviria, até o merda do Zé Pedro. A turma do leva e traz passou a intermediar as ofensas e contra ofensas, que se intensificavam a cada pronunciamento. A cidade toda entrou no clima de expectativa de uma luta sangrenta. No momento que se cruzassem, a explosão de violência estaria detonada; isso era certo. Apostas foram feitas na vitória de um ou de outro, sem um favorito, pois ambos não apresentavam nem de longe um perfil de briguento.

Fato interessante então passou a ser percebido pela população. Em uma cidade pequena onde todos se encontram diariamente, por alguma coincidência, os dois valentões não se cruzavam, nem nas ruas principais e na praça da matriz. Quando e onde um estava o outro não aparecia.

Jurandir, covarde por natureza, sempre havia evitado as brigas com astúcia e malandragem, vendo-se em uma enrascada de difícil solução, pediu a ajuda de amigos. Queria-os por perto, de forma a que evitassem ataques do desafeto acompanhado de seus irmãos e amigos. Um a um, é assim que tem que ser feito, esbravejou. Mas como era de sua natureza, sempre que tinha plateia e cercado por seus amigos protetores, vivia repetindo e reforçando as ofensas ao Zé Pedro. Esse, por sua vez, era uma pessoa de boa índole e pacífico. Nunca, mesmo quando criança, havia entrado em qualquer tipo de luta corporal. Não tinha ódio do Jurandir, preferia simplesmente ignorar o bufão, mas a rixa havia tomado tal proporção que estaria completamente desmoralizado se não o enfrentasse. O que pensariam dele a sua Dirce, os seus futuros sogros e, principalmente, seus pais, irmão e amigos? Não criei um filho covarde, disse seu pai ao ser informado das ofensas à honra de seu filho.

Zé Pedro, pelo sim e pelo não, colocou um canivete suíço no bolso e passou a torcer para não encontrar o desafeto sozinho. Procurou andar na companhia de amigos e enviou um ultimato ao Jurandir: se pedisse desculpas à Dirce, o infeliz evento seria esquecido.

O recado foi dado no bar do Zé Dias, na presença de seus amigos e de diversas testemunhas. Jurandir, no íntimo, covarde como era, pensou em aceitar prontamente a tentadora oferta e acabar com a negra perspectiva de levar uma surra, mas pressionado por comentários de que pedir perdão seria uma humilhação, recusou a oferta de paz com mais bravatas.

Não obstante, o fenômeno de desencontro dos contendores permanecia insolúvel. Amigos de ambos os lados, cansados do leva e traz e sem perspectiva de um desfecho, agendaram a briga. Seria em frente ao Clube, no sábado seguinte, após a missa da noite. Tanto foi aguardada e desacreditada, que, como deboche, a contenda passou a ser chamada de "A Luta do Ano".

As regras eram simples, não poderiam usar qualquer tipo de arma, porrete, soco inglês ou outro artefato; apenas as mãos. Também não valeria mordidas e dedo no olho. Jurandir propôs mais uma condição, bem esdrúxula: se após o horário marcado, a briga não começasse em 10 minutos, ela seria cancelada e todos ficariam em paz. Embora inusitada e estranha, a proposta foi de pronto aceita pelo Zé Pedro, na esperança de que isso pudesse vir a ocorrer, aliviandoo das agruras de um combate corpo-a-corpo, conquanto sem qualquer ideia como isso fosse possível.

Logo após a missa, o local já se encontrava repleto de curiosos de todas as idades. Até o prefeito e o delegado observavam a tudo de um ponto estratégico, de onde poderiam ver sem serem vistos.

Como praticamente ninguém mais acreditasse que a inusitada luta do ano pudesse ocorrer, passaram a incentivar os "ferozes guerreiros". Uma parte gritava repetidamente Zé Pedro, Zé Pedro, Zé Pedro; a outra, Jurandir, Jurandir, Jurandir.

Na hora marcada, o Zé Pedro tremendo por dentro e com as pernas bambas, em um grande esforço de moral, compareceu ao local do embate e se manteve calado, imóvel e pensativo. Gostaria de estar a centenas de quilômetros dali. O tempo passava e nada do Jurandir aparecer, o que trazia a esperança de que pudesse se safar dessa enrascada. A multidão gritava: Jurandir, cadê você? O Zé Pedro está aqui!

Passados os dez minutos, esgotado o tempo regulamentar proposto pelo oponente, aliviado, declarou-se vencedor. Começara a deixar o local, quando alguém gritou: Jurandir está na sala de entrada do clube. Inflado pelos presentes, mesmo a contragosto, Zé Pedro entrou pela porta principal do clube e deu de cara com o seu desafeto, sentado em um sofá, tranquilamente lendo uma revista, como se nada estivesse acontecendo.

Em um rompante, sentindo-se superior por não ter fugido do combate, tentando intimidar o seu adversário, gritou: levante-se daí seu safado para apanhar. Jurandir, sem sequer pestanejar, saiu-se com essa: Zé Pedro escute bem, não estou de brincadeiras, vou contar até trinta mil, se ao terminar você ainda estiver aqui, vou chutar o seu saco. E começou a dizer em voz alta: um, dois, três...

Quando a contagem atingiu o número mil, todos, inclusive o Zé Pedro, já tinham deixado o campo de batalha.

✓ Quando dois não querem, não há briga que aconteça.

O Velho Piloto

No início da tarde, em outro dia extremamente quente, eu ocupava a posição de piloto de um C-119 (Fairchild C119 G), conhecido como Flying Boxcar, molhado de suor da cabeça aos pés. Com os trinta e oito paraquedistas totalmente equipados e sentados em segurança nos assentos laterais da cabine de carga, e todo o equipamento de bordo verificado, alinhei a aeronave na cabeceira da pista 08 da Base Aérea dos Afonsos. Autorizada a decolagem pela Torre de Controle, mantive os freios pressionados e apliquei potência máxima nos dois motores. Confirmado o funcionamento normal de todos os sistemas da aeronave, liberei os freios e comecei a corrida de decolagem. Uma vez no ar e com o trem de pouso recolhido, o motor direito estourou, antes da aeronave atingir a velocidade mínima de subida monomotor. Toda a força da minha perna esquerda para manter o voo nivelado não foi suficiente e ela começou a tremer incontrolavelmente... Meu Deus, vamos cair ...

- Acorde querido, estamos prestes a pousar no Aeroporto de Goiânia. Você estava tendo o mesmo pesadelo de novo. Por que continua com isso, quando nada sério aconteceu? Pelo que sei, você se saiu muito bem e conseguiu salvar todos a bordo. – Minha esposa disse cutucando minhas costelas com força.

- Porque foi a primeira vez que fraquejei e quase perdi o controle do avião. Isso não é aceitável para um piloto militar.

- Bem, esqueça, você não é mais piloto, e temos um passeio para aproveitar.

Depois de vários anos de insistência dos diletos amigos, Gilberto e Clara, eu e minha mulher aceitamos o convite para visitá-los em sua fazenda às margens do Rio Araguaia.

1. A Amizade

Gilberto Cesar Nunes, renomado médico gastroenterologista, acalentava o sonho de criar tucunarés em cativeiro, desde que provara do delicioso sabor do peixe, no jantar, em uma viagem, que, juntos, fizemos pela Amazônia, em missão do Correio Aéreo Nacional.

Conhecemo-nos naquela ocasião. Ele, Segundo Tenente Médico (do Quadro de Oficiais Médicos Temporários) e um dos cirurgiões da missão ACISO (Ação Cívico Social) da Força Aérea Brasileira, na localidade de Feijó, às margens do Rio Envira: eu, Capitão Aviador, recém-promovido e Comandante da Aeronave Buffalo C-115 do Primeiro Grupo de Transporte de Tropa.

Com a missão de transportar a equipe médica e o hospital de campanha de Feijó de volta para o Rio de Janeiro, pousei pela manhã no aeródromo local e me apresentei ao Tenente Coronel Médico, chefe da ACISO. Expliquei a ele que a minha Ordem de Missão estabelecia que deveria decolar antes do pôr do sol daquele dia e assim ficou acertado. Não obstante, como a equipe médica prosseguia em atendimento até o final da tarde e não havia mais condições de decolagem diurna, ainda que contrariado, determinei à tripulação para preparar a aeronave para o pernoite.

Já havia anoitecido quando o chefe da ACISO me consultou sobre a possibilidade de uma missão de Evacuação Aeromédica (EVAM) naquela noite, levando um paciente para Rio Branco – AC ou Porto Velho – RO. Respondi que, por questões de segurança de voo, havia recebido ordens expressas de não operar no aeródromo de Feijó, no período noturno, devido à precariedade da infraestrutura aeronáutica local.

Mais tarde, como quem não quer nada, o Tenente Médico Gilberto me procurou e me convidou, juntamente com o meu copiloto, Tenente Aviador José Maria, a conhecer o hospital de campanha. Lá, nos mostrou um menino índio que ele havia operado de apendicite supurada.

- Foi uma cirurgia complicada e ele teve muita sorte de estarmos aqui, pois não teria qualquer chance de sobrevivência. Não obstante, se não for levado imediatamente a um hospital com mais recursos, todo o esforço terá sido em vão. É uma pena, mas essa linda criança não vai resistir até amanhã.

Uma coisa é tomar uma deliberação de vida ou morte afastado do problema, outra é ser confrontado com esse tipo de escolha, sentindo na alma suas eventuais consequências.

Frente ao meu natural constrangimento, sem saber bem como reagir, preferi considerar a atitude do Tenente Médico Gilberto um golpe baixo, pois já havia explicado ao chefe da ACISO os motivos que nos impediam de decolar daquele aeródromo, no período noturno. Cioso de minha condição de oficial mais antigo e de comandante da aeronave, repreendi-o firmemente por sua atitude que considerei militarmente antiética.

- Sinto muito, Capitão, se me excedi, mas como médico não me conformo em ficar assistindo um paciente meu morrer. Se tiver alguma possibilidade, ajude essa criança.

- Vou reportar a sua atitude na Ordem de Missão. Retire-se imediatamente.

Não obstante, o rosto da criança condenada à morte não me saía do pensamento; e, mais ainda, atormentava a minha consciência. Pensei sobre a inutilidade de todo o treinamento especial de piloto de transporte de tropa se não pudesse colocá-lo em prática em uma situação como essa. Após esta reflexão, tomei a decisão.

- José Maria, não será fácil, mas acho que temos condições de decolar com segurança daqui. O que você acha?

- É de dar pena saber que aquela criança não sobreviverá até amanhã. Certamente, irei me arrepender pelo resto da minha vida se não tentarmos salvá-la. Vou preparar os cálculos de decolagem e traçar a rota de voo.

- Se ela tiver que morrer que não seja por nossa causa. Vamos fazer os preparativos e se for viável, decolamos.

Reuni a tripulação e expliquei o motivo da missão e fiz um *briefing* sobre a situação do aeródromo, das condições meteorológicas do local e da rota e de como pretendia conduzir a operação de decolagem e o voo até Rio Branco.

Como se tratava de uma operação de risco e não autorizada, deixei claro que a responsabilidade era somente minha como comandante da aeronave. Ainda, que entenderia perfeitamente se alguém não desejasse participar. Emocionou-me o apoio de todos: ninguém ficaria para trás.

As condições do aeródromo não eram em nada favoráveis, a noite estava muito escura e o céu carregado de nuvens pesadas, ameaçando chuva forte com raios e ventos. O comprimento da pista não constituía um óbice, já que o C-115 poderia decolar em distancias muito curtas; no entanto, era muito estreita e qualquer erro de direção poderia resultar na saída da pista com graves consequências.

Instruímos o guarda-campo para colocar latas com querosene nas laterais e três delas no final da pista, acendendo-as assim que ligássemos os faróis do avião. Combinei com o copiloto que eu manteria o olhar para fora e ele se concentraria nos instrumentos de voo, particularmente no velocímetro, no Horizonte Artificial* e no Climb (indicador de velocidade vertical). A minha preocupação maior estava na passagem do voo visual, enquanto avistava a pista iluminada pelos faróis da aeronave e os candeeiros, para o voo por instrumentos, no absoluto negrume da noite. Esse tipo de transição quando não executada corretamente já havia sido a causa de vários acidentes em condições semelhantes.

*Horizonte Artificial é um equipamento fundamental de auxílio à pilotagem que mostra posição da aeronave em relação à linha do horizonte; se nivelada, descendo, subindo ou inclinada.

*Climb ou Variômetro ou, ainda, Indicador de Velocidade Vertical é o instrumento de voo que mostra se a aeronave está nivelada, subindo ou descendo. A razão de subida ou descida é indicada em pés por minuto; quando em zero, o voo está nivelado

No momento do embarque da equipe médica e do paciente, notei que já não era apenas um, mas três os doentes a serem transportados. O Tenente Médico Gilberto, que também fora admoestado pelo chefe da ACISO por ter excedido a sua autoridade, explicou que o estado do menino era crítico e que os outros dois se recuperariam melhor se tratados em um hospital.

- Tudo bem, não temos problemas de peso. Você virá conosco?

- É claro, Comandante, eles são meus pacientes.

Após a partida dos motores e as verificações do *checklist* de antes da decolagem, no momento que antecedia a aplicação de potência nos motores e início da corrida de decolagem, dediquei um minuto às minhas reflexões e senti muito medo. Vi as imagens da mulher da minha vida e do meu filhinho de dois anos e tive medo de nunca mais abraçá-los e beijá-los. Pensei no menino doente e tive medo de não conseguir ajudar a salvar a sua vida. Olhei para a tripulação e a equipe médica e tive medo de falhar com eles. Após esses sentimentos negativos, fiz a pergunta que sempre fazia a mim mesmo, em situações difíceis. "Afinal de contas, sou um homem ou um rato?"

- José Maria, tudo pronto?

- Ok, comandante. O radar está mostrando uma barreira de Cb* à nossa frente.

*CB: código para designar nuvens Cúmulo-Nimbo ou cumulusnimbus. Esse é o tipo de nuvem que provoca tempestades com raios, chuva volumosa, granizo e gelo.

- Certo! Após a decolagem e com o avião controlado, vá orientando a navegação para evitarmos as turbulências mais fortes.

Como os faróis iluminavam apenas uma pequena distância à frente, tracei mentalmente uma linha reta até o candeeiro do centro da cabeceira da pista oposta e procurei me manter alinhado com ela. Foram alguns segundos de muita tensão, aliviados assim que saímos do chão. Ao comando de trem em cima, ouvi gritos e aplausos da tripulação.

Com exceção de períodos de forte turbulência, o que deve ter causado desconforto aos pacientes, o voo até Rio Branco correu sem quaisquer outros transtornos. Ao pousarmos, duas ambulâncias nos aguardavam e conduziram os doentes e a equipe médica para o Hospital Geral das Clínicas.

Quando o Tenente Médico Gilberto se dirigiu a mim para agradecer a missão, disse a ele que isso não era necessário, pois apenas cumprimos o nosso dever.

- Tenente, assim que os pacientes estiverem baixados no hospital, vamos jantar e a bebida da tripulação será por sua conta.

Foi nesse jantar que o hoje meu grande amigo Gilberto provou pela primeira vez do Tucunaré e, como um hobby, passou a estudá-lo cada vez mais.

No regresso da missão, no Rio de Janeiro, isentei plenamente a tripulação e o Tenente Médico Gilberto e assumi a responsabilidade única pelo descumprimento das disposições da Ordem de Missão. Como esperado, fui punido com oito dias de detenção. Sabia que o fato teria uma consequência negativa na minha carreira, mas não senti qualquer ponta de arrependimento ou de revolta pela decisão do Comandante do Grupo de Aviação.

Emocionou-me a atitude dos membros da minha tripulação, liderada pelo Tenente José Maria, ao se apresentarem ao Comandante e assumirem suas parcelas de responsabilidade no evento de indisciplina. Graças a Deus, no entanto, eles não receberam qualquer punição.

Durante esse período, na Base Aérea dos Afonsos, recebi a visita diária do Tenente Gilberto, sempre trazendo alguma guloseima (pizza, sorvete ou bolo), o que acabou por consolidar a nossa duradoura amizade. Em uma ocasião, disse que recebera notícias da criança e que ela havia sobrevivido graças ao tratamento oportuno no hospital de Rio Branco. Isso me deixou com aquele gostinho bom de 'valeu a pena'.

Ao cumprir o seu tempo de Oficial Temporário, o, então civil, Dr. Gilberto fez concurso e foi aprovado como residente do Hospital das Clínicas de São Paulo, onde fez carreira acadêmica, tendo chegado a Professor-Adjunto da Cátedra de Gastroenterologia. Não obstante a distância e as atividades diversas, nos mantivemos em contato permanente e nossa amizade proliferou e se expandiu por nossas esposas e filhos.

2. A Fazenda

Gilberto e Clara nos receberam no Aeroporto de Goiânia com a alegria sincera desvestida pelo brilho dos seus olhares. Já fazia algum tempo que não nos víamos e tínhamos muita coisa para contar um ao outro.

A situação era bem diferente de nosso primeiro encontro. Ele havia se aposentado do cargo de Professor-Adjunto da Faculdade de Medicina de São Paulo, por ter atingido a idade limite de setenta anos. Permanecia exercendo a medicina, mas agora, sem a mesma intensidade de antes. De minha parte, havia deixado o serviço ativo há vários anos, no posto de Coronel, e, desde então, não ocupara uma cabine de pilotagem.

Passamos a noite em um hotel e iniciamos a viagem até a sua fazenda, ao nascer do sol do dia seguinte, em sua caminhonete importada, com tração nas quatro rodas. A viagem, embora demorada e com trechos de difícil acesso, nos quais só um veículo como aquele poderia passar, foi tranquila e alegre. Paramos diversas vezes para descansar ou admirar a paisagem.

Quando entramos nas suas terras, percebi que o caminho que nos levava à casa principal era uma longa reta em terreno plano e gramado. Parece uma pista de pouso, pensei.

Durante uma semana nos fartamos de comer tucunarés e outros peixes cozidos, fritos, assados e com diferentes temperos e acompanhamentos.

Conhecemos seus tanques de piscicultura e aprendemos sobre sua apurada técnica de criar tucunarés em cativeiro. Ele nos explicou os detalhes da criação e de como colaborava com a preservação da espécie: três quartos dos peixes nascidos nos tanques eram marcados e devolvidos ao Araguaia, em diferentes fases de desenvolvimento.

Fizemos diversas excursões à mata e ao rio, quando fomos apresentados à rica fauna e flora. Aprendemos a identificar diversas espécies da fauna: peixes (piraíba, pirarara, pintado, boto, pirarucu, surubim etc.), tartarugas, jacarés, ariranhas, suçuanarés, macacos, arara-azul, harpia, maguaris etc. Da flora, nos apresentaram as espécies de maçaranduba, pequi, açoita-cavalo, pau d'alho etc. Foram momentos muito agradáveis na companhia dos amigos, tendo o tempo passado rápido demais, assim como acontece com filmes bons.

Na véspera do dia de retorno a Goiânia, logo após o almoço caiu uma chuvarada muito intensa, acompanhada de trovoadas e ventos fortes, que perdurou por toda a tarde e noite adentro. Pela manhã do dia seguinte, Gilberto nos avisou que teríamos que ficar mais um ou dois dias, pois a estrada estava intransitável.

- Amigos, não vale a pena arriscar ficarmos presos na lama, no meio de nada. Será um grande prazer desfrutar mais um ou dois dias da companhia de vocês.

3. A Surpresa

Neste exato momento, meus ouvidos perceberam um ruído de motor de avião que se aproximava. Corri para a varanda a tempo de observar, no meio da chuva forte, um pequeno bimotor em manobra de descida, como se para pouso no caminho de entrada da fazenda, porém, com o trem de pouso recolhido.

A aeronave percorria uma trajetória oscilante em seus eixos vertical e horizontal e visivelmente variando a velocidade, parecendo ser pilotada por um bêbado. Preparei-me para testemunhar um acidente aéreo e rezei pelo piloto e passageiros. Contudo, próximo de tocar no chão, o trem de pouso foi baixado, a aeronave tocou no solo suavemente e percorreu uma longa distância até parar em uma leve depressão do terreno.

Quando chegamos perto da aeronave, que continuava com os motores funcionando e as hélices girando em marcha lenta, observamos que o piloto estava com a cabeça baixa e imóvel. Consegui destravar e abrir a porta do avião, mas não pude entrar na cabine, pois estava lotada até o teto de caixas.

Com a ajuda dos funcionários da fazenda, a carga foi retirada. Liberada a entrada, consegui acessar a cabine do piloto, cortar os motores e desligar os equipamentos de bordo. O piloto desfalecido, única pessoa a bordo, foi conduzido até a casa da fazenda.

O Gilberto examinou o paciente, que deveria ter cerca de cinquenta anos de idade, e prestou-lhe o atendimento médico de emergência, com os meios de que dispunha. Diagnosticou que ele havia sofrido um enfarto agudo. Acrescentou que não tinha ideia como aquele homem havia sobrevivido e, ainda, pousado a aeronave.

Enquanto o Gilberto cuidava do piloto, verifiquei que o avião não tinha qualquer identificação de nacionalidade, certificado de aeronavegabilidade, manual de operações ou documentos de voo. A bordo, havia apenas um mapa de navegação visual, com um destino marcado com um "círculo em vermelho", no meio do nada. Ao examinar a carga a minha suspeita de tráfico de drogas se confirmou.

Em conversa com o Gilberto, acordamos em informar imediatamente as autoridades policiais sobre o pouso na fazenda e levar o piloto ao hospital mais próximo. Não obstante, os raios do temporal, que persistia, haviam danificado a estação de rádio amador da fazenda e as estradas permaneciam intransponíveis. Estávamos literalmente ilhados e só nos restava aguardar a melhoria do tempo, mas Gilberto, como uma reprise de um filme de terror vaticinou.

- A carga e o avião, podem aguardar o tempo melhorar, porém, o piloto, se não for operado com urgência, certamente não resistirá nem mais um dia.

- Você pode operá-lo aqui?

- Não há como. Seria apressar sua morte. Além disso, a vida dele está sendo mantida com a medicação que disponho na fazenda e que não vai durar por muito tempo.

4. A História se Repete

Pensativo, fui até a aeronave para uma avaliação mais precisa de suas condições de voo. Aparentemente, não havia sofrido qualquer dano externo, as hélices e os pneus estavam em boas condições. Havia combustível nos tanques e os equipamentos de bordo (instrumentos de voo e de navegação) pareciam funcionar apropriadamente, porém, não havia radar meteorológico, sistemas duplicados ou cartas e mapas de navegação aérea. A única poltrona disponível era a do piloto. Para piorar, sem o manual de operações ou o *checklist* não havia como calcular a distância de decolagem e as velocidades críticas.

Retornei à casa da fazenda e dirigi-me ao Gilberto.

- "Tenente Gilberto", novamente o destino nos coloca em um dilema de vida ou morte. Não conheço esse piloto e ele deve ser um marginal, mas me sinto incomodado em deixá-lo morrer.

- É, meu "Capitão", mas não há muito que fazer. Não temos como levá-lo a um hospital de carro nas próximas horas.

- Acho que eu poderia tentar uma missão "EVAM" com o avião lá fora.

- Você acha que consegue? Não está velho demais para isso?

Minha mulher me proibiu terminantemente de fazer essa loucura. Alegou, com razão, que eu não tinha as mínimas condições de voltar a pilotar, ainda mais depois de tanto tempo fora da atividade.

Ela, como sempre, tinha razão. Com setenta e cinco anos, usando óculos para longe e outro para perto, com pressão alta, há mais de dez anos sem pilotar, eu estava consciente de que já não era mais um piloto. Ao mesmo tempo, se eu não tentasse salvar aquele homem, teria que acompanhar impassível sua agonia e morte.

Prometi que iria apenas verificar as condições da aeronave e que não decolaria se não me sentisse confiante.

- Querida, ainda estou com o juízo perfeito; não se preocupe.

Procurei o Gilberto.

- Quanto tempo ele poderá resistir com a medicação que dispõe?

- Estou fazendo uso dos poucos medicamentos que dispomos, isto é, os seus comprimidos de isordil, os meus de sustrate e toda a aspirina que consegui juntar, mas o estoque só deve durar por mais umas seis horas. Se ele não for levado a um hospital nesse tempo, não irá sobreviver. Nesse momento, como um chamado do dever, veio-me à mente o lema da Aviação de Busca Salvamento, em que havia servido por vários anos: *"para que outros possam viver".*

- Gilberto, vou aprontar o avião para decolagem. Poderia prepará-lo para a viagem?

- Sim. Vou improvisar uma maca e sedá-lo, como possível.

Fui até o avião e com o auxílio dos funcionários da fazenda, posicionei-o da melhor maneira possível para a decolagem. Estimei a proa a ser voada para a Base Aérea de Anápolis e tracei a rota na carta de navegação visual. Selecionei o rádio de comunicações na frequência de emergência (121.5 Mhz) e o Transponder* em 7700 (código de emergência). Tentei, mas não consegui me lembrar das frequências dos auxílios à navegação de Anápolis, Goiânia ou Brasília.

*Transponder: transceptor de rádio que transmite um sinal em resposta à recepção de um sinal interrogador de um radar secundário, com dados que possibilitam ao órgão de controle de tráfego aéreo conhecer sua posição e altitude. O código inserido no equipamento de bordo permite sua identificação ou o conhecimento de alguma situação especial.

O principal instrumento de controle do voo, o Horizonte Artificial (indicador da posição da aeronave em relação à linha do horizonte), além de não contar com um backup, não aparentava estar funcionando normalmente; isso era o principal motivo de preocupação.

Estava quase desistindo da operação, quando me lembrei de uma estória fantasiosa contada por um dos meus veteranos na Escola de Aeronáutica. Dizia que um dos pioneiros da aviação, voando uma aeronave que ainda não dispunha de Horizonte Artificial, amarrou sua bota no teto da cabine e, com isso, conseguiu manter o voo estabilizado dentro de nuvens. Não custa tentar, pensei. Prendi um barbante no topo do para-brisa com meu canivete na outra ponta. Marquei a posição centrada com uma caneta e estimei e também marquei as posições laterais em caso de inclinação da asa, para um lado ou para o outro. Lembrei que os eventuais comandos de aileron deveriam ser feitos para o lado contrário do desvio do improvisado pêndulo. Intimamente, torci para que não precisasse fazer uso daquela gambiarra.

Saí da aeronave, fui ao encontro da minha mulher e a abracei e beijei demoradamente.

- Querida, desculpe por isso, mas mesmo sabendo que esse homem é um traficante de drogas, não posso simplesmente ficar sem fazer nada e deixá-lo morrer.

- Prometa que vai voltar?

O paciente já estava a bordo e estava me preparando para trancar a porta do avião, quando o Gilberto chegou esbaforido.

- Aonde você vai sem mim? É meu paciente, eu vou com você.

- Não, meu amigo! Sinto muito, mas não há sequer uma poltrona para você se sentar. Em caso de turbulência, você pode se ferir; aí teríamos dois doentes a bordo.

- Sim, mas ...

- Você mesmo disse que não há nada que possa fazer por ele. Não posso colocá-lo também em risco. Por favor, cuide da minha família.

Sob seus protestos, fechei e tranquei a porta da aeronave, deixando-o irritado.

5. O Voo

Dei a partida nos motores e verifiquei o funcionamento dos sistemas e equipamentos. Com exceção do Horizonte Artificial que exibia uma leve instabilidade, os demais aparentavam funcionar bem. Como se para me estimular a seguir em frente, a chuva deu uma trégua e a visibilidade melhorou significativamente.

Momentos antes de iniciar a decolagem, eu olhei fixamente para minha esposa. A mulher de toda a minha vida estava com as mãos no peito e parecia rezar. As lágrimas davam um brilho intenso ao seu olhar. Não pude deixar de pensar que esta poderia ser a última vez que a veria e tentei guardar sua imagem no coração. Experimentei no peito o sofrido aperto do Adeus.

Repentinamente, fui acometido de um intenso sentimento de pânico e fraquejei. O que estou fazendo? Já estou velho demais para esse tipo de aventura. Não há como isso dar certo. Vamos morrer e a culpa será minha. Que arrogância pensar que ainda poderia voltar a ser piloto, ainda mais nessas circunstâncias.

Estava a ponto de desistir da decolagem, quando, mais uma vez na vida, perguntei a mim mesmo: "sou um homem ou um rato?"

Apliquei potência máxima nos motores e o avião deslizou rápido e suavemente sobre o terreno firme e gramado. Com a velocidade de cem nós, puxei vagarosamente o manche para trás e o avião saiu do chão. Recolhi o trem de pouso e aproei a aeronave na direção de Anápolis.

Na solidão da cabine, senti-me jovem e poderoso: eu dominava os ares. Nunca imaginei que poderia reviver a emoção única do primeiro voo solo; mas esse milagre estava acontecendo. Gritei bem alto a minha felicidade de ser um piloto. Mantive-me abaixo das nuvens com boas condições de visibilidade e fiz o avião dançar ao ritmo do Hino dos Aviadores que cantarolava:

*"...Contacto! Companheiros!
Ao vento, sobranceiros,
Lancemos o roncar
Da hélice a girar..."*

- Não sou uma gaivota comum, sou um Fernão Capelo*, gritei bem alto.

*Fernão Capelo Gaivota é o personagem do romance de mesmo nome do escritor Richard Bach.

Ao perceber que a chuva recrudescia e estava impraticável prosseguir em voo visual, iniciei chamadas contínuas na frequência de emergência, na esperança de ser ouvido por uma das estações aeronáuticas ou por outra aeronave, nas proximidades.

- Aeronave chamando na frequência de emergência, aqui é o PP-ZDT.

- Graças a Deus! Estou em uma aeronave sem identificação, em condições visuais, com destino a Anápolis. Tenho um doente grave a bordo.

- Confirme? Aeronave sem identificação?

- Afirmativo! É uma situação de urgência e inusitada. Poderia informar o Centro de Controle de Brasília e pedir um nível de voo para Anápolis? Diga que estou com o Transponder selecionado em 7700.

- O Centro autorizou o nível de voo 090* na proa de Anápolis; manter a frequência de emergência.

*Altitude de 9.000 pés, com o altímetro ajustado no valor de pressão atmosférica padrão.

- Obrigado, companheiro! Poderia informar os dados básicos do aeródromo e dos auxílios à navegação da Base Aérea de Anápolis?

- Desculpe! Você não sabe?

Depois das explicações possíveis, ele me passou os dados que necessitava e desejou-me muita sorte. Agradeci, sabendo que certamente precisaria mais do que isso.

Apliquei potência nos motores e iniciei a subida. Nas primeiras turbulências, a gambiarra que até aquele momento funcionava razoavelmente, balançou desenfreadamente para todos os lados, com o canivete batendo forte no para-brisa. Não tive outra opção, senão arrancá-lo do barbante.

Assim que me senti menos tenso, iniciei as chamadas ao Centro de Controle. Quando atingi e nivelei a aeronave no nível de voo 090, finalmente consegui contato com o Centro Brasília.

Depois das complicadas explicações do motivo de estar voando, fui orientado para manter o nível 090 e informado que estava a 100 milhas de Anápolis. Nesse momento percebi que os receptores de navegação aérea não estavam funcionando.

- Centro Brasília, solicito vetoração até o pouso; estou sem referência de navegação.

- Ciente, mantenha a proa 120° e o nível 090.

Nesse momento, o que eu mais temia aconteceu. O Horizonte Artificial despressurizou e passou a girar randomicamente. Sem qualquer alternativa, passei a concentrar minha atenção no "Pau e Bola"* e usá-lo como instrumento básico para manter a aeronave sob controle. Recordei imediatamente do meu tempo de cadete recebendo instruções de voo por instrumentos e do sufoco que era voar apenas com base no "Pau e Bola". Arrependi-me de nunca mais ter treinado esse tipo de voo.

"Pau e Bola" é a forma popular de designar dois instrumentos de controle de voo conjugados em um mostrador, denominado de Turn and Bank. Um deles, o "Pau", mostra, de forma simplificada, a inclinação das asas (viragem), para um lado ou outro. A "Bola" mostra se aeronave está derrapando para um lado.

- A gente pensa que nunca vai acontecer ...

Depois de algum tempo me adaptando, quando o suor do nervosismo empapou a camisa, com um grande esforço, consegui manter um grau razoável de alinhamento das asas.

Repetia para mim mesmo, sem parar.

- "Cheque cruzado" e percorria com os olhos os instrumentos que funcionavam, ajustando a atitude do voo, como necessário.

- Aeronave em emergência, você está a 50 milhas de Anápolis: faça curva à direita para a proa 130° e desça para o nível 060. Acuse nivelado.

- Centro Brasília, ciente. Abandonando o nível 090 na proa 130°.

- Centro Brasília, nivelado no nível 060 e na proa 130°.

- Ciente, chame agora o Controle Anápolis na mesma frequência.

Entrei em contato com o Controle Anápolis, que, em princípio, não aceitou os meus argumentos para operar em aeródromo militar, orientou-me para o aeroporto de Goiânia.

- Anápolis! Não tenho como ir para Goiânia. Estou em emergência e preciso de vetoração radar de precisão para pousar.

Nesse instante, o que estava ruim conseguiu piorar. O motor direito começou a pegar fogo e tive que cortá-lo. Nesse afã, quase perdi a estabilidade da aeronave.

Para manter o voo reto e nivelado, tive que fazer muita força na perna esquerda que, em função da tensão que vivia, começou a tremer incontrolavelmente. Não conseguia tirar a mão do manche e os olhos dos instrumentos (cheque cruzado, repetia), para ajustar o compensador e temi o pior. Se a perna não resistisse, a aeronave entraria em uma atitude anormal e a queda seria inevitável.

- De novo, não! Perna filha da puta! - Xinguei bem alto.

Como que por milagre, exatamente como da última vez na decolagem com o C-119, motivo de seguidos pesadelos, a perna parou de tremer e pude compensar a aeronave. Preciso lembrar de ir ao médico para verificar esse meu problema, pensei.

Notei que a pressão do óleo do motor bom estava baixa e a temperatura subindo. Arrependi-me de não ter verificado o nível do óleo dos motores, antes da decolagem. Que burrada!

- Controle! Estou monomotor e com potencial problema no motor bom. Solicito aproximação direta.

- Aqui é o Controle Anápolis! Ciente! Faça curva à esquerda para a proa 070 e mantenha. Desça para 4.000 pés. Espere aproximação com orientações por Radar de Aproximação de Precisão. A visibilidade e o teto das nuvens estão abaixo dos níveis mínimos para aproximação por instrumentos. Confirme se está ciente das condições meteorológicas e que deseja prosseguir para o pouso?

- Afirmativo! Não tenho escolha.

- Aeronave em Emergência, aqui é o Controle Final. A partir deste instante, não responda mais as minhas orientações.

O Controle Final foi orientando as correções de altitude e direção. Por questões de segurança, mantive a velocidade mínima de 140 nós.

- Está a mil metros da cabeceira da pista e no ângulo ideal, avise quando avistar a pista.

Comandei o trem em baixo e prossegui na aproximação orientada pelo Controle. Notei que a luz indicadora da bequilha travada permanecia vermelha. Mais essa, pensei!

Nos segundos em que permanecia descendo, com a potência do motor bem reduzida e um estado de quietude na cabine, na ansiedade de avistar logo a pista de pouso, comecei a ouvir um barulho estranho:

pahum! pahum! pahum... Depois de alguns instantes imaginando o que poderia estar causando aquele ruído estranho, percebi que era apenas o meu coração batendo muito forte e ressoando nos meus tímpanos.

No instante em que avistei as luzes da cabeceira da pista, senti um grande alívio. Não obstante, como se Deus quisesse colocar-me à prova, o motor esquerdo começou a pegar fogo. Decidi mantê-lo funcionando assim mesmo, até cruzar a cabeceira.

- Seja o que Deus quiser! (gritei)

Após o toque na pista, mantive o nariz do avião alto e, ao mesmo tempo, embandeirei a hélice e cortei o motor em fogo. Por sorte, a bequilha havia baixado e não houve nada mais grave no pouso.

A aeronave parou no meio da pista e foi cercada por viaturas de combate a incêndio, ambulância e soldados armados. Os bombeiros extinguiram rapidamente o fogo no motor.

Exaurido, empapado de suor, fiquei como que catatônico, imóvel, olhando para o infinito, sem nada ver ou sentir. Não sei de que forma fui retirado da aeronave e só recobrei a consciência ao sentir a chuva fria no rosto.

O paciente que ainda estava sedado foi conduzido pela ambulância até o hospital da Base. Eu, após me identificar, fui levado à presença do Comandante da Base, a quem contei a história toda, sem omitir nenhum detalhe.

Depois de alguns minutos, enquanto tomava um suco de laranja e um médico me examinava, o Comandante da Base dirigiu-se a mim.

- Coronel, o Comandante- Geral da Defesa Aérea deseja falar com o senhor e passou-me o telefone vermelho.

- Bom dia! Comandante, desculpe por usar a sua Base.

- Meu amigo, aqui é o Zé Maria, seu copiloto de Búfalo, na missão em Feijó.

6. De Volta à Realidade

Pedi ao meu amigo que me ajudasse a retornar imediatamente à Fazenda, pois minha mulher deveria estar muito angustiada e eu estava muito preocupado com ela.

Depois de tomar um reconfortante banho, no cassino dos oficiais, fui presenteado com um macacão de voo do Primeiro Grupo de Defesa Aérea, que vesti com muita satisfação.

Cumprindo determinações do Comandante da Defesa Aérea, acompanhado de um oficial médico, dois graduados armados e um delegado da polícia federal, fui levado de helicóptero de volta à Fazenda.

A viagem pareceu-me demasiado curta, em comparação à que empreendi na ida. Foi um filme ruim, pensei, e sempre demora a passar.

Conforme orientei, o helicóptero pousou suavemente na "pista de pouso" da fazenda.

Assim que desembarquei, corri e abracei bem forte a minha mulher. Beijamo-nos como se fôssemos namorados e, verdadeiramente, o éramos. Choramos o choro incontido do reencontro.

- Não disse que voltaria?

- Se fizer isso comigo novamente, eu te mato.

Abracei com emoção o Gilberto e a Clara.

- O seu paciente chegou vivo ao hospital.

Depois das apresentações, a equipe da FAB catalogou e recolheu ao helicóptero toda a carga de drogas. O oficial médico elogiou muito o tratamento prestado pelo Gilberto e disse que o paciente foi atendido a tempo no hospital e que o prognóstico de recuperação era animador. Gilberto sentiu-se realizado.

Depois que o helicóptero partiu, sentamo-nos, os dois casais, na varanda da casa, tomando uma dose de whisky escocês envelhecido por trinta e cinco anos, que o Gilberto guardava para uma ocasião especial.

- E aí, amigo? Como foi a aventura do voo?

- Nada demais. Tudo normal. Não vai servir um aperitivo de tucunaré?

Made in the USA
Middletown, DE
05 December 2025

22779238R00104